Carmen Sylva

Leidens Erdengang

Ein Märchenkreis

Carmen Sylva: Leidens Erdengang. Ein Märchenkreis

Erstdruck: Berlin, Alexander Duncker, 1882

Neuausgabe
Herausgegeben von Karl-Maria Guth
Berlin 2020

Der Text dieser Ausgabe wurde behutsam an die neue deutsche
Rechtschreibung angepasst.

Umschlaggestaltung von Thomas Schultz-Overhage unter
Verwendung des Bildes: Anita Rée, Teresina, 1925

Gesetzt aus der Minion Pro, 12 pt

Die Sammlung Hofenberg erscheint im
Verlag der Contumax GmbH & Co. KG, Berlin
Herstellung: BoD – Books on Demand, Norderstedt

ISBN 978-3-7437-3449-4

Bibliografische Information der Deutschen Nationalbibliothek

Die Deutsche Nationalbibliothek verzeichnet diese Publikation
in der Deutschen Nationalbibliografie; detaillierte bibliografische
Daten sind im Internet über www.dnb.de abrufbar.

Inhalt

Das Sonnenkind

Es war das Leben eine strahlende Maid, die Tochter der Sonne, ausgestattet mit aller Anmut, allem Liebreiz, aller Kraft und Glückseligkeit, die nur eine solche Mutter ihrem Kinde mitzugeben imstande ist. Ihre Haare waren Sonnenstrahlen, ihre Augen glänzende Sterne, ihren Händen entfielen Blumen, ihren Schritten entkeimten Saaten, Wohlgerüche und Vogelsang schwebten um sie her, aus ihren schwellenden Lippen tönten unzählige Lieder, und in ihren Gewändern war ein Rieseln wie von tausend Quellen, und doch waren sie von Blumenblättern gewirkt und mit zarten Geweben überzogen, in denen Tausende von Tautropfen funkelten; Leuchtkäfer umsäumten die königliche Stirn als Diadem, Vögel trugen die Schleppe auf rauem Pfade; wenn ihr Fuß Dornen streifte, so grünten und blühten die; wenn sie die zarte Hand auf den kahlen Felsen legte, so bedeckte er sich mit Moos und Farren. Die Sonne hatte ihrem herrlichen Kinde Macht gegeben über alles und als Gefährten und Gespielen ihr das Glück und die Liebe zugesellt. Damals war auf Erden viel Freude und Seligkeit, und keine Feder könnte beschreiben, kein Pinsel könnte malen, wie herrlich es gewesen. Es war ein ewiger Maientag, und die hehre Mutter sah von fern ihrer Tochter heitern Spielen zu und segnete die Erde, auf der ihr Kind so fröhlich war.

Doch tief innen in der Erde da wohnte ein schlimmer Geist, Kampf genannt; zu dem trugen die Bergmännlein die Kunde von der Schönheit draußen und von der jugendlichen Gebieterin, die die ganze Erde stolz und liebreich beherrschte und mit Glück und Liebe so reizend spielte. Erst ward er von Zorn bewegt, denn er wollte Alleinherrscher sein über alles; dann aber befiel ihn große Neugier und noch etwas anderes, Heißes, Wildes, er wusste nicht recht was. Er wollte nun hinaus, um jeden Preis; da begann er mächtige Felsblöcke aus der Erde Innerem loszulösen und in die Höhe zu schleudern; zugleich entzündete er ein riesiges Feuer, das alle Felsen und Erze über sich schmolz, so dass die sich in glühenden, sengenden Strömen über das Erdenparadies ergossen, und in den Flammen stieg der Kampf heraus in leuchtender Rüstung, mit wehenden Locken, zusammengezogenen Brauen, einem Felsblock in der Hand und suchte, mit den brennend schwarzen Augen, was er zuerst zerschmettern sollte; aber plötzlich ließ er den Felsen fallen, verschränkte die Arme über die Brust und starrte in den Erdengarten hinab wie ein Träumender.

Lange stand er so und schaute hinaus, vor Verwunderung still, wie ein Steinbild. Dann schlug er sich mit der Faust vor die Stirn: »Da unten habe ich gehaust, bei kalten Steinen, in Finsternis, und hier draußen ist solche Pracht! Wie muss die Herrscherin sein, der das gehört!« Dieser Gedanke brachte wieder Bewegung in die titanische Gestalt; er stieg mit Riesenschritten in die duftige, blühende Welt hinein und schritt hindurch wie ein Sturmwind, zertrat die Blumen, knickte die Bäume, ohne es zu bemerken; die Herrin musste er finden, in dem schönen Erdenreich. Er durchschritt das Meer und wühlte turmhohe Wellen auf und erstieg dann wieder einen hohen Berg, in heißer Ungeduld, um Ausschau zu halten. Da sah er, auf einem Wiesenhang, was er so sehnsüchtig gesucht. Das war freilich des Suchens wert. Auf einem wolkigen silberbefiederten Blütensamen schwebte das Leben, auf einer Fußspitze, mit hochgeschürztem Gewande dahin auf der Reise von einer Blume zur andern, und sang. Auf ihrer Schulter zwitscherte ein Vogelpaar, auf dem Finger trug sie eine Biene, der sie den besten Honig zeigen wollte. Die Liebe hatte sie im Walde beim Bau eines Nestes gelassen, das Glück war, nach unzähligen Schelmereien, auf dem Moose am Wasserfall eingeschlafen; so schwebte das Leben allein dahin und sang der Mutter Sonne ein Morgenlied. Mit einem Mal sah sie ein Glitzern und Leuchten vor sich, und wie sie die Augen erhob, stand der

Kampf hoch aufgerichtet vor ihr und sah sie starr an, und ihr Strahlenhaar spiegelte sich in seiner Rüstung. Das Leben erschrak ins Herz hinein vor dem Gewaltigen mit den brennenden Augen; ihr Fuß glitt von dem Samen herab, der allein weiter flog; fast wäre sie gefallen; doch erfasste sie einen Birkenzweig und glitt leicht an demselben herab, auf einen moosigen Felsen.

»Ha!«, rief der Kampf. »Hab' ich dich endlich gefunden, die mir mein Reich streitig macht, die hier auf Erden das Zepter führen will. Wer bist du denn, kleines Mädchen, dass du dir solches herausnimmst?«

Bei diesen Worten gewann das Leben seinen ganzen Stolz und Übermut wieder: »Ich bin das Kind der Sonne und mein ist die Erde; mir ward sie geschenkt, von meiner königlichen Mutter, und alles beugt sich meiner Gewalt!« Hierbei bog sie den reizenden Nacken zurück, so dass plötzlich die Sonne ihr Gesicht überflutete; der Kampf sah es und ward vor Liebe trunken. »Wenn ich dich aber bezwinge, dass du mein wirst, so gehörst du mir und die Welt dazu!« – »Versuch's!«, sprach das Leben. »Ich bin stärker als du!« – »Ich soll mit dir ringen, du zarte Blüte? Dazu will ich doch meinen Harnisch ablegen, ich möchte dich sonst erdrücken!« Er tat wie er gesprochen, legte Schild und Harnisch auf den Rasen und sprang auf sie zu, sie um den Leib zu fassen und in die Luft zu heben; aber in demselben Augenblick schossen aus ihrem Gürtel Rosen hervor, die stachen ihn so gewaltig, dass er ablassen musste; er wollte sie an den Haaren fassen, die aber sengten ihn; jetzt riss er seine goldene Kette ab und wollte ihr damit die Hände binden, sie aber neigte nur das Haupt, da schmolz die Kette in seiner Hand. Plötzlich fühlte er seine beiden Handgelenke von ihren zarten Fingern umfasst; er wollte sie abschütteln, konnte aber nicht; er hob sie in die Luft, sie schwebte, ließ aber nicht los, und so oft sie müde wurde, schenkte ihr die Sonne immer neue Kraft; er versuchte, sie in der Bäume Schatten zu ziehen, die aber neigten sich zur Seite, damit die Sonne ihren

Liebling beschütze. Einen ganzen Tag dauerte das Ringen; da sah der Kampf, wie die Sonne zur Neige ging, und wie sehr sie auch zögerte, sie musste dennoch scheiden; da verließen die Kräfte das Leben, der Kampf aber ward doppelt stark, schüttelte sie ab und stürmte auf sie ein. Bald lagen ihre Kleider zerrissen im Grase, ihr Haar verlor seine sengende Kraft, und eh' die Dämmerung hereinbrach, kniete die keusche Maid schamrot und zitternd auf der Erde und flehte mit herabströmenden Tränen um Gnade und Schonung. Da erhob der Kampf ein Gelächter, von dem die Erde wankte und die Felsen endlos widerhallten, wie von fürchterlichem Donner. Vor Entsetzen fiel das Leben in eine tiefe Ohnmacht, er aber hob sie hoch in die Luft, auf mächtigen Armen, und trug sie fort. Ihr lieblicher Kopf lag zurückgebogen, das Haar streifte fast die Erde, die Lippen waren halb geöffnet, als wäre kein Hauch mehr darin; die wundervollen Glieder, die ihn so lange bezwungen, hingen matt und willenlos herab, und wo er sie vorübertrug, da verdorrte das Gras, die Blätter wurden welk und fielen von den Bäumen, und ein Sturmwind kam und erstarrte des Lebens Glieder. »Warte«, sprach der Kampf und bedeckte sie mit Küssen, »an meinem Feuer sollst du erwarmen, nur vor der Sonne muss ich dich verbergen, sonst verliere ich dich wieder«, und verschwand mit ihr in den Berg hinein.

Die ganze Erde ward kahl und öde, die Vögel sangen nicht mehr, die Blumen verwelkten; nur an der Stelle, wo das Leben ohnmächtig hingesunken war, keimten noch Herbstzeitlosen auf; die hatten aber auch kein Bestehen, die Sonne ward bleich vor Kummer und weinte und winkte mit einem weißen Tuch; das zerstob in tausend feine Fetzen und bedeckte die Erde, und die Berge, auf denen des Kampfes Harnisch lag, wurden zu Eis für alle Zeit.

Als Liebe und Glück fanden, dass sie das Leben verloren hatten, begannen sie suchend die Welt zu durchwandern und überall anzufragen, wo ihre teure Gespielin hingekommen. Sie erkannten ihren Erdengarten nicht mehr in seiner verwandelten Gestalt und weinten bitterlich. Sie wanderten durch Berg und Tal, den Flüssen nach, die eisig und erstarrt lagen, und riefen das Leben; sie meinten, sie müssten es finden.

Eines Tages lehnten sie müde an einem hohen Felsen; da klang plötzlich ein Tönen darin und ein Rieseln; sie schauten einander an, vor Freude rot, und sagten zugleich: »Hier ist sie, hier klingt's wie Leben!« Und sie begannen an den Felsen zu klopfen und zu rufen und tasteten suchend daran umher, bis sie einen Eingang fanden, da wo eine Quelle hervorsprudelte. Leise riefen sie das Leben, und mit einem Male erschien es vor ihnen, freudelos, lichtlos, mit müden Schritten, und legte den Finger auf die Lippen. »Mein Herr ist eingeschlafen – o weckt ihn nicht!«, flüsterte es bange. »Liebes Leben! Komm' doch zu uns heraus, dein Garten ist kahl, deine Mutter ist bleich geworden, und wir wandeln schon so lange und suchen dich; komm' doch einmal heraus!« Da zogen sie das Leben heraus, und wie es den ersten Schritt ins Freie tat, keimten Schneeglöckchen hervor; beim nächsten blühten Veilchen auf, und wie sie die matte Hand an einen Baum legte, schwollen die Knospen auf und Blätter brachen hervor. »Siehst du«, jauchzten Liebe und Glück, »du hast ja deine alte Macht noch, sei doch fröhlich! Schau einmal die Sonne an, damit sie lacht!« Aber wie die Sonne ihr Kind so matt und traurig sah, da musste sie weinen; beständig wollte sie lachen und ihr Kind mit heißen Strahlen erwärmen, aber immer wieder musste sie ihr Wolkentüchlein vor die Augen drücken und dann rieselten ihre Tränen auf die Erde herab. Das Leben schlich noch immer müde dahin, da kam eine Schwalbe herbei: »Halte dich an meinem Flügel, liebes Leben, ich trage dich ein Stück!« Und so schwebte es wieder durch die blaue Luft, bis die Schwalbe müde war; da kam der Storch und sprach: »Knie dich auf meinen Rücken und schlinge die Arme um meinen Hals, ich trage dich weiter!« Und weit, weit flog das Leben dahin, und wo der Storch sich mit ihm niederließ, da wurde ein Kind geboren, und da kamen Liebe und Glück hinterdrein und wohnten bei dem Kinde. Und auf der ganzen Erde wurde es licht und grün. Die Vögel sangen wieder, und mit jedem Sonnenstrahl kam neue Kraft ins Leben hinein, so dass es abermals auf hohen Bergen stand, ein blühendes herrliches Weib, voll Anmut und Hoheit, mit ernsten Augen und ernstem Munde, und Früchten in den Händen, die die Erde reich machten. Aber tief in der Erde, der Kampf, der war schon lange erwacht und suchte sein entflohenes Weib. Er stürmte hinaus und fand ihre Spuren überall, aber sie selber fand er nicht. Wie viele ihrer Gaben zerstörte er in seiner wilden Hast! Dann blieb er zuweilen ratlos stehen, durchbohrte die Ferne mit finsterem Blick; ja, er war der Verzweiflung nahe, denn sie, von der getrennt er nicht mehr sein konnte, entfloh ihm immer; bald verbarg sie ein Baum in seinem Gezweig, bald der Vogel in seinem Nest, bald die Blume unter ihren Blättern, oder der Nebel in seinem Schleier; und wenn er ihr gar zu nahe kam, dann trug sie ein Adler auf seinen Fittichen zur Sonne, bis der Kampf unten vorüber gebraust war, und sie mit neuem Glanz und neuer Kraft ausgerüstet wieder herabkam. Aber endlich, endlich erspähete er sie doch, wie sie eben dem Glück einen Rebenkranz in die Locken drückte und der Liebe einen Strahl von ihrem Haupte in die Augen senkte. Da stand er vor ihr, sah sie an und winkte nur. Er musste es ihr wohl angetan haben, denn von Übermut und Widerstand war nicht mehr die Rede; er ging ihr voran, ohne umzuschauen, und sie senkte das schöne Haupt und folgte ihm, und wie die Gespielen sie halten wollten, da winkte sie nur mit der Hand und schritt schweigend nach, in Nebelschleier gehüllt, die am fallenden Laub dahinstreiften, wie ein Nachhall vom Rieseln, das sonst durch ihre Kleider zog. In den Berg ging sie hinein und brachte noch Früchte und Trauben mit, die die Bergmännlein zu Most zerdrückten, was ihnen gar fröhliche Tage machte.

Sie aber gebar zwei Kinder, einen Knaben und eine Maid, die waren beide sehr bleich und hatten große, dunkle Augen. Der Knabe hatte etwas Wildes, wie sein Vater, die Maid etwas Zartes wie ihre Mutter; die hieß das *Leiden*, der Knabe aber hieß der *Tod*. Das Leiden blieb nicht lange im Felsenhaus; es hatte von der Mutter die Erdensehnsucht geerbt und vom Vater die ewige Unruhe; so wanderte es auf Erden hin und her und kam nie wieder heim. Der Knabe folgte bald dem Vater, bald der Mutter, bald der Schwester und machte alles still und tot auf ihrem Wege, still und tot die Vögel, hohl die Ähren, bleich die Kinder, still und tot die Kämpfenden und Leidenden.

Seine Mutter konnte ihn nur mit Grausen sehen, seinen Vater erfüllte er mit Schadenfreude. Nur seine Schwester hatte ihn sehr lieb und rief ihn beständig zu sich her und weinte, wenn er nicht kommen wollte. Eines Tages sagte er zum Leiden: »Ich muss meine Mutter töten, ja, wenn sie mich nur ansieht, so ist sie tot, sie wendet sich aber immer von mir ab!« Das Leiden erschrak ins Herz hinein und tat alles was es konnte, der Mutter Blick vom Sohne abzulenken, die aber fühlte ewig seine Macht und konnte nicht mehr mit Glück und Liebe spielen, wie früher. Die beiden fürchteten sich auch vor des Lebens schrecklichem Sohne, noch mehr als vor ihrem grimmigen Gemahl; denn über diesen begannen sie eine gewisse Macht auszuüben; er ward stiller in ihrer Nähe, aber der Tod blieb immer unerbittlich, sein Blick war bald sengend wie der Samum, bald erstarrend wie der Nord, selbst die Sonne verlor ihre Gewalt vor dem Schrecklichen, denn er legte Nacht auf alle Augenlider und Kälte in alles Lebende.

Seit der Zeit ist es vorbei mit dem Erdenparadies. Darum ist das Leben auch keine strahlende Maid mehr, sondern ein ernstes Weib, voll dienender Kraft, voll strenger Forderungen an das, was es geschaffen; es kann nicht vergessen, wie herrlich alles einmal gewesen und möchte es wieder so sehen, trotz Kampf und Leiden und Tod; es möchte stärker sein als diese drei und muss doch unterliegen; von Neuem beginnen, um wieder zu – unterliegen!

Das Leiden

Das Leiden war ein schönes, schlankes Kind, mit schwarzen Haaren, die sein bleiches Gesicht umrahmten. Die feinen Lippen waren fast immer geschlossen, die schwarzen Augen waren so todestraurig, dass niemand es ansehen konnte, ohne zu weinen. Das arme Kind hatte keine Heimat und wanderte ruhelos von Ort zu Ort. Bald kehrte es in die Hütten der Armen ein, bald in die Paläste der Reichen. Es war so still und wehmütig, dass alle es aufnahmen, aber sonderbar: Wer es ansah, der wurde von einem furchtbaren Weh befallen. Der eine verlor sein einzig Kind, der andere seine Ehre, sein Hab und Gut, der Dritte wurde von seinen Feinden unschuldig verfolgt. Wieder einem andern missrieten alle seine Kinder und machten ihn vor der Zeit ergrauen. Oder es kam Unfrieden unter die Eheleute, oder einer von der Familie fiel auf ein Krankenlager und stand in Jahren nicht wieder auf. Die Leute sahen sich erstaunt an, woher ihnen so viel Ungemach käme, und wussten nicht, dass sie dem stillen, blassen Leiden selbst die Tür geöffnet, es selbst an ihren Tisch gerufen. Das arme Kind kehrte zuweilen desselben Weges zurück und erfuhr dann, welche schrecklichen Gaben es ausgestreut. Dann vermied es lange Zeit, die nämlichen Häuser zu besuchen. Doch hatte es einige Menschen lieb gewonnen und verging vor Sehnsucht nach ihnen, merkte auch nicht immer, dass es sie zu oft besuchte. Da kam dann Trübsal auf Trübsal über sie, bis das traurige Kind den Wanderstab ergriff und ihnen mit schwerem Herzen und überströmenden Augen Lebewohl sagte. Es ging so still des Weges, nicht hastig, nicht stürmisch, und doch ging es schneller als der Bergstrom, schneller als der Westwind und kehrte zuletzt bei allen Menschen ein. Das Schrecklichste war, wenn es sich zu Kindern gesellte, und die armen Kinder bekamen lange Krankheiten, oder wurden gar Waisen, so dass ihre schönen Gesichtchen ebenso bleich und zart wurden, wie Leidens Gesicht, und ihre Augen so trübe und traurig. Wenn Leiden das sah, dann weinte es bitterlich und blickte lange Zeit kein Kind mehr an, ja es drehte den Kopf weg, wenn die Kinder spielten.

Eines Tages lag es unter einem Apfelbaum und sah, wie die kleinen Äpfel so prachtvolle rote Backen hatten, dass man ganz fröhlich wurde, wenn man sie anschaute. »O lieber Apfelbaum«, rief das Leiden, »schenke mir so schöne, rote Backen, man sähe mich viel lieber an!« – »Nein«, sprach der Apfelbaum, »hättest du schöne, rote Backen, so würde man dich nicht mehr so mitleidig aufnehmen und beherbergen.«

Traurig stand es auf und wanderte des Weges. Da kam es an einen Garten am Fluss; in dem war ein solches Vogelsingen, dass einem das Herz lachte. »O ihr lieben kleinen Vögel!«, rief das Leiden. »Schenkt mir Euern lieblichen Gelang, dass ich die Menschen erfreue.« – »Nein, liebes Kind«, zwitscherten die Vögel, »kämest du nicht so leise und gingest so stille, da würden die Menschen dich nicht so bald vergessen und anfangen zu merken, dass du das Leiden bist und Schmerzen bringst.«

Und weiter wanderte das arme Leiden und kam in einen hohen Wald. Der duftete so lieblich, und es ging sich so weich auf dem dicken Moos unter den Bäumen. Hie und da stahlen sich die Sonnenstrahlen durch das flüsternde Laub und zitterten und tanzten auf dem Moos dahin und vergoldeten die welken Blätter. Es war eine Pracht! Das Kind lehnte müde an einem Baume: »Hier darf ich einkehren und bringe keine Schmerzen, hier darf ich ausruhen, und keiner sieht sich krank an mir.« Da kam ein Sonnenstrahl durch das Laub geschlüpft, sah die wunderschönen, lichtlosen Augen, sprang hinein, erleuchtete sie hell und drang dem Leiden bis ins Herz. Und der ganze Wald sah das wunderbare Leuchten in dem zarten Mädchengesicht und rauschte auf vor Freude und Bewunderung. Das Leiden wusste aber nicht, dass es schöner geworden, sondern fühlte den Sonnenstrahl heiß und fröhlich in seinem Herzen zittern. »O lieber Wald!«, rief es laut. »Schenke mir einen einzigen deiner tausend Sonnenstrahlen, ich wäre glücklich!« Da wurde es mit einem Mal totenstill im Wald, die Bäume sahen einander traurig an, der Sonnenstrahl entwich aus Leidens Augen, streifte eine schimmernde Eidechse und versteckte sich unter hohen Farnkräutern. »Du armes, armes Kind«, sagte eine alte Eiche, »ein einziger Sonnenstrahl machte dich zu schön, die Menschen würden dich zu viel herbeirufen und dann müssten sie Schmerzen ertragen, weit über ihre Kräfte! Du musst ohne Glanz und ohne Wärme bleiben!« Langsam fiel eine heiße Träne auf den Waldmeister zu Leidens Füßen; der schickte süßen Duft hinauf und flüsterte Dank für den Tau.

Weiter ging die ruhelose Maid und kam an einen großen, stillen See. Da rührte sich nichts; nur der Abend schritt über das Wasser, er selbst im Schatten, aber um ihn her zogen rosige Streifen durch den See, und hie und da fiel ein Stern hinein und hielt sich unbeweglich auf der stillen Fläche. Leiden tauchte ihre zarte Hand in den See und legte sie an die Stirn. Abend kam auch an ihr vorbei und flüsterte: »Gute Nacht! Schlaf traumlos, vergiss dein Weh!« Sie sah ihm lange nach und seufzte leise: »Einmal habe ich Ruhe gefunden, im Wald; einmal mein Weh vergessen, mit dem Sonnenstrahl im Herzen – das ist vorüber!« In Traum verloren schaute das Kind in den See; aus dem wehte es kühl, und in den Nebeln schwebten die Nixen darüber hin.

Da sah das Leiden ein rötliches Licht hineinfallen, größer, feuriger als die Sterne, und fortglimmen durch die Nacht. Wie es seine Augen erhob, merkte es, dass das Licht aus einem Hause am See fiel; das war dicht mit Efeu überwachsen, nur aus dem spitzbogigen Fenster, das offen stand, fiel der Lichtschein. »Sonderbar«, dachte das Leiden, »hier bin ich noch nie eingekehrt, und doch wacht dort jemand!«

Sie schlich zum Fenster; da saß eine wunderschöne Frau mit schneeweißen Haaren, in einem langen, weichen Gewand, mit einem feinen Tuch um den Kopf gelegt. Sie schrieb emsig in ein großes Buch, mit fester Hand, und fest und streng lag eine tiefe Furche zwischen den Brauen. Aber um die feinen Nasenflügel und Lippen lag es wie zarteste Weiblichkeit und edelste Herzensgüte. Das Leiden stand in Betrachtung verloren, da erhoben sich zwei wunderbare, graue Augen, sahen es ruhig an und eine tiefe, klangreiche Stimme sagte: »Komm' nur herein, Kind, ich habe schon lange auf dich gewartet!« Erstaunt trat Leiden ein, das hatte es noch nie gehört.

Mit einem Mal umschlangen es weiche Arme, es ward auf den Schoß genommen und geküsst, und die wunderbare Frau sagte: »Liebes Leiden! Du musstest mich finden, ich durfte dich nicht suchen, denn ich komme niemals ungerufen. Ich bin die Mutter Geduld und sitze hier und horche und wache. Der See trägt mir die Stimmen aller derer zu, die mich rufen. Oft, oft bin ich auf deiner Spur gegangen, aber leider nicht immer!« Die Falte in der Stirn wurde tiefer. Leiden barg seinen Kopf an der mütterlichen Brust. »O geh doch immer, immer mit mir!«, bat es leise. »Nein, Kind, wenn du mich rufst, dann komme ich und wenn du müde bist, kehre bei mir ein; ich muss das Buch des Lebens schreiben; da habe ich viel zu tun!« Das arme kleine Leiden blieb die ganze Nacht bei der weisen Mutter und Morgens wanderte es gestärkt hinaus. Da blühte und grünte die ganze Welt, es war Erntezeit, Leiden sah den Mohn und die Kornblumen an und dachte: »Ihr Armen! Jetzt blüht Ihr so lustig und glänzt in der Sonne, und heute werdet Ihr doch abgeschnitten!« Da stand ein herrliches Mädchen allein im Feld und mähte so rasch, wie drei Männer. »Guten Morgen, blasses Lieschen!«, rief sie schelmisch. »Komm und hilf mir!« Und damit sprang sie herzu, und ihre Zöpfe flogen, und die blauen Augen lachten wie der liebe Sonnenschein. »Wer bist du denn?«, fragte sie erstaunt, als sie Leidens dunkle Augen sah.

»Ich bin das Leiden und muss ewig wandern – und wer bist du?«

»Ich bin die Arbeit, siehst du es denn nicht? Siehst du nicht, wie gesund ich bin und was für starke Arme ich habe?« Und damit nahm sie das Leiden, wie ein Kind, auf die Arme und lief mit ihm über das ganze Feld, und lachte und jodelte dazu. Über Leidens Gesicht war eine leichte Röte geflogen und es sagte lächelnd: »Geh' du mit mir! Ich darf niemals ruhen und bin doch oft so müde!« – »Das geht nicht, Schwesterlieb, denn ich muss schlafen, um bei Tage wieder frisch zu sein. Ich bin aber auch an allen Orten und muss lachen, und wenn immer ich deine Augen sehe, dann erstickt mir das Lachen da drinnen. Aber wenn du mich rufst, dann komm ich und bleibe zurück, wo du scheidest, um die Gesichter wieder hell zu machen!«

Und weiter schritt das Leiden, in den glitzernden Morgen hinein und durch die weite Welt. Geduld und Arbeit hielten aber Wort und wurden seine treuen Gefährten. Oft versammelten sie sich Abends im Hause am See und lasen im Buch des Lebens, oder schrieben hinein.

Friedens Reich

Der Frieden wohnte in einem stillen, tiefen Bergsee, der unergründlich war und doch in ewiger Bläue den Himmel wiederspiegelte. Um ihn her standen hohe Felsen, die allabendlich beim Sonnenuntergang rosig übergossen wurden, und ein herrlicher Wald, in den noch nie eines Menschen Fuß eingedrungen, in dem noch nie ein Axthieb erklungen war. Weder Leiden noch Kampf waren jemals hingekommen, selbst der Wind fand keinen

Eingang, denn die Felsen hatten sich ganz vorgeschoben, und der Winter musste sich damit begnügen, seine Flocken leicht hinein zu schütteln, denn im See waren warme Quellen, und so hatte der Frost keine Gewalt über ihn. Ringsumher war ein ewiges Grünen und Blühen, ein Vogelsingen, das das Wasser von einem Ufer zum andern trug. Wenn dann der Frieden auf des Sees stiller Fläche lag, so strömte all das Blühen und Singen ihm zu; dann lächelte er selig und küsste die Sonnenstrahlen, die mit warmen Armen nach ihm langten; ja, er umfasste sie und zog sie mit unter das Wasser und spielte mit ihnen Verstecken hinter den Bäumen und unter den Blättern. Er war aber ein so herrlicher Jüngling, dass ihn alles liebte was ihn umgab, seine blauen Augen, grundlos wie der See, dem er entstiegen, seine frischen Lippen, seine wundervolle Stimme, sein glückseliges Lächeln: Kein Wunder, dass ihn die Sonnenstrahlen suchten, dass das Moos vor Freude bebte, auf dem er leicht dahinschritt, dass das Blatt zitterte, das seine Stirn gestreift, dass das Reh noch lange in den Bach schaute, in dem es sein Bild erblickt, dass die Nixen und Elfen nur von ihm träumen konnten.

Aber eines Tages zog ein Weinen und Seufzen durch den Wald, als klagten die Bäume, und von ihren Blättern fielen die Tropfen und weckten den schönen Schläfer, den die Sonnenstrahlen eingewiegt. Erstaunt sah er sich um; da kam eine Mädchengestalt daher, mit bleichem Gesicht und traurigen Augen und langem, schwarzem Haar, die zog die matten Füße über das Moos und fiel vor ihm nieder. »Wer bist du denn?«, fragte er erstaunt. »Ich bin das Leiden, mich schickt die Mutter Geduld zu dir.« – »Wer ist die Mutter Geduld, und wer ist das Leiden? Ich habe noch nie von ihnen gehört?« – »Du hast noch vieles nicht gehört, denn du kennst die Welt nicht!« Der Frieden lächelte: »Kennst du sie denn?« Das Leiden seufzte und nickte mit dem Kopf: »Sieh mich an«, sagte sie, »bin ich schön?« Der Frieden sah sie lange an und las und las in den dunklen Augen schweigend ernst die Geschichte der ganzen Welt. Das Leiden fand Seligkeit in seinem Angesicht, und mit jeder Stunde ward es der armen Maid heißer im Herzen und die Liebe zog darin ein, mit ihrer ganzen Gewalt. Als der Abend herankam, hatte der Frieden alles gelesen; ihn schauderte. »Nein«, sagte er, »du bist nicht schön!« Dem Leiden stand das Herz still; dann sprach es leise: »So willst du nicht mit mir gehen?« Der Frieden zuckte zusammen. »O nein«, sagte er, »mit dir nicht! Hier ist es so schön!« – »Ja, hier ist es wunderschön, aber die weiseste der Feen lässt dir sagen, dein Reich wäre zu klein, du seiest zum Herrschen geboren und sie habe im Buche des Lebens gelesen, du sollst einmal herrschen über alles.« Der Frieden sah nachdenklich in den See. »Wenn mir aber mein Reich genügt?«, sagte er. »Ich bin nicht ehrgeizig, ich brauche keinen Ruhm und keine Macht, ich habe alles, was ich brauche!« – »Aber«, meinte Leiden, »wenn die ganze Welt so würde wie diese heilige Stätte, dann wäre es doch noch schöner, und du brauchtest dich nur zu zeigen, wie du bist, so würdest du siegen über alles!« – »Meinst du!«, sagte der Frieden und sah sie wieder mit den wunderbaren Augen an, in denen Ruhe und Reinheit wohnten; dem Leiden stand das Herz still, bis der Frieden von ihr weg sah ins Wasser und nachdenklich fortfuhr: »Ich will aber selbst sehen, ob die Welt mich will, ohne mein Angesicht zu kennen; ruft sie mich, so komme ich, denn kämpfen will ich nicht mit der Hässlichen. Leb' wohl Leiden! Ich werde die Welt prüfen, ob ich mein Reich darin gründen kann.«

Das Leiden stand noch in seinen Anblick verloren, da verschwand er vor ihren Augen, nur ein Vogel schwebte flügelschlagend von ihr weg, in den Abendhimmel hinein. Leiden fiel am Bergsee auf die Knie; das Wasser sah tiefschwarz aus und durch den Wald ging ein Beben von tausend Seufzern. Die arme Maid bebte auch, wie ein Blatt im Winde.

Hier in Friedens Reich verstand niemand das Weh in ihrer Brust. »Du bist nicht schön!«, klang es ihr aus dem Wald, aus dem Wasser, aus dem eigenen Herzschlag. Die Nacht kam leise gegangen und suchte ihren Liebling, den sie stets in Schlaf geküsst; sie fand aber nur das Leiden und sah es finster an. »Was hast du mit meinem Frieden gemacht?«, frug sie drohend. »Ich habe ihn weggeholt!«, jammerte das Leiden und rang die Hände. Noch finsterer ward die Nacht. »Zur Strafe«, sprach sie »sollst du ihn ewig suchen und nie mehr finden; jetzt geh!« Leiden ging wie ein wehklagender Wind unter den Bäumen weg, den Frieden zu suchen in der Welt. Zur Mutter Geduld kam sie lange, lange nicht mehr; denn sie dachte nur an einen und hatte die Geduld ganz vergessen. Der Frieden schwebte als Vogel über die Welt dahin und sah, wie der Kampf und seine Kinder sie zugerichtet. Er sah blutige Schlachtfelder, und beim Anblick der ersten Leichen schwindelte ihn so, dass er fast herabgestürzt wäre. Es war ihm weh in der Brust, wie er das Morden sah, als trüge er selbst Wunden darin, und er eilte weiter.

Er flog über eine große Stadt, da sah er ein einsames Licht in einer Dachkammer und schaute hinein. Ein bleicher Mensch saß darin und schrieb mit langen magern Fingern und hüstelte. »Und ich werde noch etwas Großes, ganz gewiss«, murmelte er, »Ich fühl's, in meiner Brust sind Feuerfunken, in meinem Hirn ist ein Licht, das die Welt erhellen wird!«

»Armer Tor«, dachte der Frieden, »der Ehrgeiz hetzt dich zu Tode und du weißt es nicht!«

Aus einem rebenumrankten Fenster schaute ein schöner Mädchenkopf heraus. Der Frieden meinte: »Der gleicht ja meinen Elfen«, und flog hinein. Aber wie wurde er enttäuscht! Blumen und Kleider lagen wirr durcheinander und die Schöne behauptete, am vergangenen Abend auf dem Balle die anderen an Reizen übertroffen zu haben, Ihre Schwester aber schalt alle Bälle, ja die ganze Welt langweilig und sagte: »Ich wünsche, ich wäre der Vogel, der da hereinkommt!« – »Ach, der wird alles beschmutzen!«, rief die erste und jagte ihn hinaus.

Im einsamen Hause saß eine bejahrte Frau und las in einer mächtigen Bibel. Totenblass stürzt ihr jüngster Sohn herein, der einzige, der ihr noch diesseits des Ozeans geblieben war, und verlangt Geld, sonst müsste er sich erschießen. Die Bibel entfällt der Alten, sie kann dem Entarteten nicht mehr helfen, denn ohne dass er's wusste, hatte sie ihm die letzte Habe und selbst das Häuschen bereits geopfert.

In einem schönen Garten wiederum pflegte ein vornehmer Mann sein siechendes, Luft und Licht bedürfendes Töchterchen, einen wahren Engel von Schönheit und Geduld, während die gefühllose Mutter die eitlen Freuden des Gesellschaftszimmers der Sorge für das kranke Kind vorzog.

Im Felde sah der Frieden eine Menge junger Burschen und Mädchen beim Kornschneiden; die sangen und lachten, dann warfen sie die Sicheln hin und setzten sich unter einen Apfelbaum zum Essen und zur Mittagsruhe. Der Frieden schwang sich über sie in die Zweige und hörte ihrem Geplauder zu, bis die Burschen einschliefen und die Mädchen noch leise kicherten. Da kam ein Mann übers Feld mit breitkrempigem Hute und einem dunklen bösen Gesicht darunter, der weckte die Burschen mit Fußtritten, drohte den Mädchen mit dem Stocke, schalt sie faul und jagte sie an die Arbeit.

Wieder anderswo wurde das schönste Mädchen, so sehr es auch flehen mochte, einem reichen Unhold zur Frau gegeben.

Geschwister haderten miteinander am Sarge des Vaters, und selbst unter kleinen Kindern, in denen sich bereits die Leidenschaften des reiferen Lebens im Keime zeigten, entstanden Zwiste.

Der Frieden flog in den Süden, wo schöne Mädchen nachlässig in Hängematten schaukelten und ihre Sklavinnen quälten; er flog in den Norden und sah eine große Stadt, mit leichtsinnigen Frauen und untreuen Männern, die von einem Vergnügen zum andern jagten, bald auf dem Eise, bald im Ballsaal, bald im Schlitten, bald vor und hinter der Bühne; er flog in den fernen

Westen und sah ein Rennen und Jagen nach Gewinn rastlos, endlos; er flog in den Osten und sah vornehme Leute in der Verbannung wie Taglöhner arbeiten, vor Kälte und Heimweh ermattet; er flog in die Wüste und sah einsame Reisende verschmachten; er umkreiste die Erde und sah Schmerz und Kampf überall. Da kehrte er zu seinem See zurück und wollte nie mehr sein kleines Reich verlassen. Wie erstaunte er aber, als er an dessen Ufer ein mächtiges Kloster, von großen Quadern gebaut, fand, das aussah, als stünde es seit ewigen Zeiten. »Ich muss wohl lange fort gewesen sein!«, dachte der Frieden und trat in das Kloster ein. Er kam in eine weite steinerne Zelle, deren hohes Bogenfenster auf des Friedens See hinaussah und auf die rötlich angehauchten Felsen gegenüber. Ein junger Mönch saß an der Orgel, spielte und sang in herzbewegenden Tönen, als wenn er den Sturm seiner Seele erschütternd den Mauern mitteilen wollte. Ein etwas älterer war vom Tische aufgestanden, auf dem wie auf der Erde offene Folianten umhergestreut lagen. Er hatte sich in die Fensternische gesetzt und das Gesicht mit den Händen bedeckt. Da ging die Türe auf, ein abgemagerter Mönch, mit flammenden Augen, trat ein. Die beiden andern erhoben sich zitternd von ihren Sitzen. Der flammende Blick ruhte streng, wie das Jüngste Gericht, auf beiden. Dann wendete sich der magere Mann mit tiefer, dröhnender Stimme zu dem im Fenster, und auf die Türe deutend, sagte er: »Für dich, mein Sohn, sind diese Töne so verderbliches Gift, dass nur strenge Buße dich wieder heilen kann.« Der Angeredete schritt gesenkten Hauptes hinaus. »Und du, mein Sohn, versündigst dich täglich mit deinem Gesang; dein Leben wird zum Genuss, anstatt zur Buße, und die andern werden alle verdorben. Von heute ab sind dir Gesang und Orgel versagt.« Damit ging er hin, verschloss die Orgel, steckte den Schlüssel zu sich und schritt hinaus. Der Jüngere fiel vor der Orgel auf die Knie, küsste sie heiß, inbrünstig, wie eine tote Braut, und ging auch hinaus, in die Kirche.

An eine Buche gelehnt, stand der Frieden und weinte bitterlich: »Die ganze Welt ist ein Kampf, und meine einzige Heimatstätte haben sie mir auch weggenommen! Leb wohl, mein stiller See!« Und wieder zog er in die Welt hinaus.

Er kam an einem schönen Kirchhof vorüber, trat ein und ging von Grab zu Grab, bis in die Kapelle; in der kniete eine Frau und schluchzte. »Auch hier nicht!«, sagte der Frieden und wollte weiter. Da sah er ein verlassenes Grab, das der Efeu ganz überwuchert hatte. Von Kreuz und Inschrift war längst nichts mehr zu sehen. Der Hügel war eingesunken, und der Efeu schlang liebende Arme um das vergessene Fleckchen. »Hier ist mein Reich«, sagte der Frieden und sank zwischen die Blätter hinein. –

Das Leiden aber durchwanderte die Welt und suchte den Frieden, den sie nie mehr vergessen konnte. Aber wo sie auch anfragte, wie sehr sie auch forschte, nirgends konnte sie ihn finden. Man hatte ihn vorüberziehen sehen, aber niemals halten können. Sie kam auch auf den Kirchhof und schritt an den frischen Gräbern entlang, das verlassene aber besuchte es nicht.

Irdische Mächte

»Wo ist die Wahrheit? Ich will zu ihr!«, sprach der Kampf.

»Sie wohnt in einem Schloss von Bergkristall, hoch oben, auf dem höchsten Berge der Welt und schaut hinaus über die Lande und weiß alles, und wer zu ihr gelangt, der findet ewige Ruhe; – aber den Weg weiß ich nicht.« So sprach ein Steinadler, tat einen Flügelschlag und verschwand in unermesslicher Höhe.

Doch vor dem Kampfe stand plötzlich eine kleine Person, mit aufgestülptem Näschen, großen, hellen, etwas vorstehenden Augen, die nur nach außen schauten, und halb geöffneten Lippen, als hätte sie eben etwas gesagt.

»Wo kommst du denn her?«, frug der Kampf. »Das weiß ich nicht.« – »Wo gehst du hin?« – »Das weiß ich nicht!« – »Was willst du denn in der Welt?« – »Wissen will ich, denn ich bin die Frage.« – »Ah, du willst wissen? Vielleicht weißt du den Weg zur Wahrheit?« – »Ja, den weiß ich, und darum gehe ich ihn nicht, denn ich will sehen, was ich nicht weiß.« – »Aber die Wahrheit weiß alles!«

»O nein, wie kann die wissen? Die sitzt ja oben im Schloss, aber ich laufe umher und frage, frage.« Damit hüpfte sie unruhig hin und her, erblickte eine Blume, bückte sich und frug: »Warum wächst die hier?« – »Ach«, rief der Kampf ungeduldig und trat darauf, »das ist mir einerlei, du sollst mir den Weg zur Wahrheit zeigen.« – »Das will ich aber nicht!«, rief die Frage und lief davon. Mit zwei Schritten hatte der Kampf sie eingeholt und am Arm gepackt. »Ich lasse dich nicht eher los, als bis du mich hingeführt hast.« – »Ich weiß ja nicht den ganzen Weg, ich kann dich nur bis zum Zweifel führen.« – »So führe mich zum Zweifel.« – »Ich will nicht!«, trotzte die Frage und zerrte am gefangenen Arm. Der Kampf aber geriet in heftigen Zorn, riss Nesseln aus und schlug sie damit, bis sie versprach, alles zu tun, was er wolle. Er aber schlang seine goldene Kette um ihren Leib und sprach: »Nun führe mich, ich folge.« Da begann sie ihn in die Irre zu führen, auf schwierigen Wegen, durch Gestrüpp und Wasser über Felsen, durch die Wüste, und endlich stand sie still, lachte ihn aus und zeigte ihm kichernd nahe vor ihnen den Ort, von dem sie ausgegangen waren. Da geriet der Kampf in solche Wut, dass die unverschämte kleine Frage zu zittern begann. Und sie hatte Grund zu zittern, denn er kettete sie an den nächsten Baum und hieb sie mit Gerten, bis sie nicht mehr schreien konnte. »Jetzt«, sagte er, »erkläre mir den Weg zum Zweifel, denn mit dir gehe ich nicht mehr; wenn du mich aber noch einmal betrügst, so schlage ich dich tot.« Sie erklärte ihm den Weg, und er ging von dannen, ohne sich umzusehen, und ließ sie am Baume festgebunden. Sie bat und jammerte und schrie um Hilfe. Umsonst: Seine gewaltige Gestalt ward kleiner und kleiner, die Sonne brannte immer heißer, fast wäre die arme kleine Frage verschmachtet. Aber die neugierigen Schwalben, die ihre ganz besonderen Freunde waren, sahen ihre Not und brachten ihr in ihren Schnäblein Tropfen Wasser und Brosamen. Das währte so bis zum Herbste, bis zu ihrer Wanderzeit. In ihrer Not wandte sie sich an den Wind um Hilfe. Der begann zu blasen, immer stärker und stärker, bis er den Baum zerbrochen hatte. Wäre die kleine Frage nicht so biegsam und geschmeidig gewesen, so hätte es ihr das Leben gekostet. So aber fiel sie nur, vor Angst und Kälte erstarrt, zu Boden, raffte sich schnell auf, streifte die Kette vom Baumstumpf, lief, so rasch sie die Füße tragen wollten, davon und guckte wieder mit denselben neugierigen Augen in die Welt hinein.

Der Kampf war beim Zweifel angelangt, der wohnte am Fuße des Berges, auf dem der Wahrheit Schloss stand. Sein Haus war von einem ungeheuren Sumpf umgeben, in welchem schon Unzählige ertrunken waren, die den Weg zur Wahrheit gesucht. Der Kampf hieb einen ganzen Wald um, stürzte ihn in den Sumpf und schritt darauf hin, bis zu des Zweifels Wohnung. »Halt«, schrie der, »ohne Ringen kommst du hier nicht fort.« – »Das ist mir eben recht; um mit dir zu streiten, kam ich her.« Da begannen die beiden zu ringen, ein ganzes volles Jahr, es ward Winter, sie kämpften auf dem Eise, es ward Sommer, sie kämpften immer noch; der Wald, den der Kampf in den Sumpf geworfen, begann unter ihren gewaltigen Leibern zu sinken, immer tiefer und tiefer, bis sie mit ihm zu verschwinden drohten. Da endlich ward der Zweifel müde und sprach: »So geh! Aber dein Glück wird es nicht sein.« – »Ich suche nicht das Glück, ich suche die Wahrheit!«, sprach der Kampf und begann den Berg zu ersteigen. Je länger er stieg, je höher schien der zu werden; mit unsäglicher Anstrengung klomm er von Felsen zu Felsen. Unter ihm gähnte beständig der Abgrund und drohte ihn zu verschlingen. Mehr als einmal legte er die Hand ans Gestein, um sich daran emporzuziehen. Da zerbrach das Felsstück und stürzte donnernd in die Tiefe. Von Zeit zu Zeit blitzte und leuchtete es in der Höhe; das musste der Kristallpalast sein, den der Kampf geschworen hatte, zu betreten. Nach neuen Anstrengungen erreichte er ein wunderbar liebliches Waldtal, rings von himmelhohen Bäumen umgeben. Darinnen war ein solches Blumenduften, Quellenmurmeln, Vogelsingen, dass es ihm ganz wunderbar zumute wurde, und vor ihm, auf erzglatter Felsspitze, leuchtete es wie die Sonne selber. Das war das Schloss aus Bergkristall. Tausendkantig fing es Licht und Strahlen auf und spiegelte sie wieder in endloser Brechung; die zackigen Türme ragten gegen den reinen Äther empor, wie Eis, auf das noch nie Schnee gefallen. Es war, als bewegte sich das Licht darin, aus eignem Willen und mit eignem Leben, ja, als ginge es von dort aus und nicht von der Sonne, die hinter dem Schlosse stand. Wie aber der Kampf mit der Hand die Augen schützte, um den Glanz ertragen zu können, sah er das Reizendste, was er je geschaut: ein wunderschönes Mägdlein, nur von ihrem Goldhaar eingehüllt, kam vom Schlosse her, den Berg herab. Sie hatte ein riesengroßes, grünes Blatt, zum Schutze gegen die Sonne, über die Schulter gelegt und war so überflutet von goldgrünem Licht. In der herabhängenden Hand hielt sie einen Krug, der war aus einem einzigen Topas geschliffen, in dem spiegelten sich der Wald, die Blumen und ihre eigene entzückende Gestalt. Der Kampf sah ihr zu, wie sie die kleinen, weißen Füße auf das Moos setzte und so leicht ging, dass nicht die leiseste Spur zurückblieb. Sie hatte die Augen gesenkt und näherte sich einer Quelle. Da trat der Kampf heran und sagte, so sanft er nur konnte: »Gib mir zu trinken ich verdurste!« Erstaunt hob sie die Augen und sah den gewaltigen, dunklen Mann lange an; ihm aber war es, als sähe der Himmel auf ihn, so tief blau, so klar und rein waren diese Augen. Der weite, beschwerliche Weg, die heißen Kämpfe, ja sogar das Ziel, das er erreichen wollte, verschwanden aus seinen Gedanken beim Anblick dieser ergreifenden Schönheit. »Bist du die Wahrheit?«, sagte er endlich. »So will ich dich anbeten!« Der rosige Kindermund öffnete sich: »Nein, die Wahrheit ist meine Mutter, ich heiße Unschuld, – willst du zu ihr?« – »Ja – nein, nicht mehr, ich will bei dir bleiben; denn du bist schöner als alles!« – »Bin ich schön?«, fragte das Mägdlein ganz erstaunt. »Das hat mir meine Mutter noch nie gesagt, aber du, du bist schön und siehst so gut aus; darum sollst du auch aus meinem Krüglein trinken.«

Wie er aber den Trunk getan, ward er völlig berauscht und hatte nur einen Gedanken: die reizende Unschuld für sich zu gewinnen. »Komm! Spiel mit mir, du Himmelskind!«, sagte er. »Ich kann dich ganz neue Spiele lehren, hier auf der schönen Wiese!« Er machte Bälle aus Blumen und warf sie ihr zu und sah ihre Bewegungen, wie sie lachend und jauchzend die Bälle fing. Dann musste sie laufen, und er haschte sie. Dann band er sich mit Blättern die Augen zu, und sie neckte ihn, bis er sie fing. Endlich ward sie so übermütig, dass sie ihn ganz mit Ranken umwand, worauf er tat, als könne er nicht mehr stehen und sich ins Gras fallen ließ. Sie aber lachte hell und übersäte ihn mit Blüten und Blättern, und als sie ihn fast ganz zugedeckt, schüttelte er sich plötzlich, sprang auf, hob sie hoch in die Luft und lief mit ihr dem Walde zu. »Mutter! Meine Mutter!«, rief das erschrockene Mägdlein. Da sank die Sonne, und Nacht hüllte alles ein.

Die Wahrheit saß im kristallnen Schloss und wartete auf ihr Töchterlein; sie wunderte sich, wo ihr herziges Kind geblieben, und versuchte, es zu schauen, wie sie alles schaute. Aber die Angst um ihr eigen Fleisch und Blut trübte ihren Blick. Sie fuhr sich mehrmals mit der Hand über die Augen, sah sie doch deutlich die Sonne untergehen und den Mond heraufkommen, also war sie nicht blind. Wie aber der Mond auf ihr Schloss schien, hörte sie deutlich ihres Kindes Angstschrei: »Mutter, meine Mutter!«, und im nächsten Augenblick sprang mit furchtbarem Getöse der Kristallpalast von oben bis unten entzwei. Die Wahrheit ward noch bleicher als der Mond, der ihr eben ins Gesicht schien, und flog den Berg hinab. Dort glitzerte die Quelle im Mondschein, da lag auch der Topaskrug und es duftete von zertretenen Blumen. Die jammernde Mutter stand da und fragte die Nacht, wo ihr Kind sei, und alle Blumen begannen zu weinen und neigten klagend ihre Köpfchen dem Walde zu, bald war die ganze Wiese nass von ihren Tränen. Die Wahrheit ging dahin, wie versteint der Spur nach, in den Wald hinein, in welchem der Mond mit den Schatten spielte und allerlei Gestalten zauberte. Sie ging immer weiter, bis sie plötzlich ein leises Weinen hörte; im nächsten Augenblick stand sie vor ihrer Tochter, die auf den Knien lag und die Arme nach ihr ausstreckte. Niemand sprach ein Wort; selbst die Nacht hielt den Atem an; aber der Wahrheit Augen begannen zu leuchten wie Feuerflammen; mit einem Blick verbrannte sie der Tochter Haare, mit dem nächsten blendete sie den Kampf, der wie gebannt dagestanden und sie angestarrt hatte. Er fühlte den Schmerz durch den ganzen Körper zucken, griff nach den Augen, taumelte und stieß an einen Baum. Er wollte sehen; er wusste ja, dort kniete die Unschuld im Mondschein, aber er war völlig blind; kein Lichtstrahl sollte seine Nacht mehr erhellen. Endlich sprach die Wahrheit mit tiefer bebender Stimme: »Mein Kind! Du bist mir für ewig entrissen! Hier oben ist kein Raum mehr für dich. O warum hast du mir nicht gehorcht? Ich hatte dich vor jedem Fremden gewarnt, du solltest mit keinem reden, keinem Antwort geben! Hier, nimm meinen Mantel, an des Berges Fuß wirst du Schutz finden.«

Mit diesen Worten wandte sie sich und ging; ihre Seufzer bogen der Bäume Kronen und wuchsen zum Sturme an, der wie eine endlose Klage die Welt umbrauste. Der Kampf aber raste den Berg hinab und schrie vor Schmerz und Verzweiflung. Seit der Zeit ist er noch viel gewalttätiger geworden; denn er ist blind und durchstürmt sinnlos die Welt, an der er sich rächen möchte für sein unendliches Leid. Die arme Unschuld aber schlug den Mantel um ihre zitternden Glieder und stieg langsam zu Tal. Ihre Füße ritzten sich am rauen Gestein und ihre Tränen strömten unaufhaltsam. Vor wenig Stunden war sie die schönste Blume auf der Höhe, und jetzt – wie war sie zertreten und geknickt! Sie kam zu den Menschen und klopfte bei ihnen an, erhielt auch Almosen von ihnen, aber mehr Schmähreden als Almosen. Endlich kam sie auch an die Stelle, da der Zweifel lebte, und in einer Sturmnacht ging sie mit leichtem Fuße über den Sumpf dahin, nicht ahnend, dass unter ihr der Tod gähnte. Wie erstaunte der Zweifel, als er an seiner Tür pochen hörte! Wer konnte in dieser Nacht über den Sumpf gekommen sein? Da stand ein bleiches ermattetes Weib, bat um Einlass und sagte, sie werde nicht lange verweilen, »Wer bist du denn?«, frug der Zweifel. »Ich heiße Unschuld!« Der Zweifel lachte kurz und hart: »Das machst du mir nicht weiß!« Wie sie aber bei diesen Worten zu weinen begann, ward er sehr finster. »Hat der Kampf dich also zugerichtet? O Schmach! O ewige Schande! Fluch über ihn und über seinen Weg zur Wahrheit! Es wäre besser, er wäre hier ertrunken!« Mitleidig nahm der Zweifel die verlassene Unschuld auf, behielt sie bei sich, aber Trost gewährte er ihr nicht. Jedes seiner Worte machte ihr Herz nur schwerer, bis er ihr endlich sagte, sie werde Mutter werden.

»Dann sterbe ich!«, sagte die Unschuld. In dem Augenblick, da ihr Kind geboren wurde, entschlüpfte es, wie eine Schlange und hüpfte und tanzte als Irrlicht über des Zweifels Sumpf dahin.

»O mein Kind«, jammerte die Unschuld, »komm' doch einmal zu mir!« Da fühlte sie ein Glühen und Brennen an ihrer Brust und dann ein Saugen, das ihr das Leben verzehrte. Und indem das kleine Wesen sog, gewann es reizende Formen und Augen, die bald schwarz bald grün wurden. Die Unschuld aber fühlte, wie es ihr Herzblut aussaugte, und mit einem leisen Seufzer neigte sie ihr schönes Haupt im Tode. Der Zweifel versenkte sie in den stillen Sumpf, der seine schwarzen Gewässer über ihr schloss, dann betrachtete er das Kind: »Soll ich dir den Garaus machen, du abscheuliche Hexe? Nein! Die Welt ist reif für dich, du sollst leben, geh' hin und räche deine Mutter!« Und damit warf er sie auf den Sumpf, über den sie aalgleich wegglitt und in die Welt hineinhüpfte, um darin so viel Übles zu tun, als möglich.

Auf den Kampf hatte sie es besonders abgesehen; sie reizte und neckte ihn fortwährend und brachte ihn oft in schäumende Wut. Dann wollte er ihr den Hals umdrehen, denn er wusste nicht, dass es seine Tochter sei; sie aber entwich dem Blinden lachend und höhnte ihn. Die Welt ward von ihr ganz bezaubert, lag ihr zu Füßen und betete sie an wie eine Göttin, und diese Göttin war die Lüge.

Der Unerbittliche

Das Meer ging hoch und war schwarz wie die Nacht. Nur die Kämme der endlosen Wogen leuchteten in den Blitzen, die den Himmel durchzuckten. Der Sturm raste dem Lande zu und warf die Schiffe gegen die Felsen, so dass Hunderte von Menschenleben vom Meere verschlungen wurden. Da war es plötzlich, als finge sich der Sturm in den Felsen am Ufer und verdichte sich zu einer Gestalt, die hoch und bleich gegen den mächt'gen Himmel emporragte. Es war ein ernster Jüngling, mit unbeweglichen, schwarzen Augen, der sich auf eine Sense stützte und ein Stundenglas in der Hand hielt. Er schaute gleichgültig über das Meer hinaus, als gingen ihn die Trümmer, die Leichen dort unten so wenig an, wie den Sand, der in seinem Glase hinabrieselte, gleichmäßig, einförmig, trotz Sturmestoben und plötzlicher Ruhe. In des Jünglings Zügen lag etwas Eisernes, in den Augen eine Macht, die alles vernichten musste, was sie anblickten. Selbst das

Meer schien vor diesen Augen zu erstarren und furchtgetroffen zu schweigen. Da graute der Tag, und rosig angehaucht von der aufgehenden Sonne kam das Leiden über die Felsen dahergeschritten und streckte die Arme nach dem Jüngling aus: »Bruder«, rief sie, »Bruder! Was hast du getan! Da hast du gehaust und nicht gehört, wie ich dich rief, so flehend rief!«

»Ich habe nichts gehört«, sprach der Tod, »ich war mir selbst zu ruhig und da habe ich mich aufgerüttelt. Ein paar Schiffe gingen dabei zugrunde.«

»Du Mitleidsloser!«, rief das Leiden. »Ich verstehe deinen Jammer nicht!«, sprach der finstre Jüngling, wandte sich und schritt landeinwärts. Er ging still dahin durch die sonnige Welt, nur wehte es kalt um ihn her, so dass ein leiser Schauer alles durchzitterte, wo er vorüberzog. Er kam an ein Haus und schaute hinein. Da lag ein Mensch in Schmerzensqualen. Der erblickte ihn und rief ihn flehend. Er aber schüttelte nur das Haupt und ging weiter. Dort stand eine schöne junge Frau in ihrem Garten, von jubelnden Kindern umgeben; eben trat ihr Mann zu ihr und küsste sie. Da legte der bleiche Wanderer die Hand auf ihre Schulter und winkte ihr. Sie ging ihm einige Schritte nach und sank dann leblos zu Boden.

Nun kam er durch einen Wald; da wandelte ein bleicher Mensch hin und her und raufte sich das Haar und knirschte mit den Zähnen und rief: »Ehrlos! Ehrlos!« Der sah den Vorüberschreitenden, mit den düstern Augen, wie er die weiße Hand erhob und auf einen Baum deutete. Der Verzweifelte verstand das Zeichen.

An einer spielenden Kinderschar schritt der unheimliche Jüngling nun vorüber und strich leise mit der Sense durch das Gras, unter ihren kleinen Füßen durch. Da neigten sie ihre Köpfchen wie gebrochene Blumen.

Dort saß ein alter Mann im Lehnstuhl und freute sich an den wärmenden Sonnenstrahlen. Der Tod hob sein Stundenglas und hielt es ihm vor die Augen: Eben rannen die letzten Sandkörner hinab.

An einem moderigen Weiher blieb er stehen; man sah kein Wasser, da er grün überzogen war; die Schilfblätter flüsterten unter dem kalten Hauch, der sie traf, und die Unke, die eben noch sang, verstummte. Da rauschte das Schilf und ein wunderschönes Weib trat, stieren Auges, dicht an das Wasser, holte etwas aus ihrem Brusttuch hervor und warf es hinab; es versank mit leisem Gurgeln in die Tiefe. Zweimal machte sie eine Bewegung, um hineinzuspringen, aber jedes Mal streckte der Tod die Sense nach ihr aus, und sie entfloh entsetzt. Er aber hob das Stundenglas, in welchem schnell, schnell der Sand hinabrieselte. Da kam etwas Weißes zwischen den grünen Wasserpflanzen herauf, und mit weitgeöffneten Augen schaute eine kleine Leiche empor nach dem rinnenden Sande.

Weiter ging der Tod, über ein Schlachtfeld hin, und mähte viele herrliche Jünglinge.

Endlich kam er an ein wundervolles Tal, auf dem ruhte der Herbst in seiner ganzen Pracht. Alle Bäume waren in leuchtendes Gold getaucht, der Rasen darunter noch saftig grün, mit zarten Blumen übersät. Es klang ein silbernes Lachen in den Ästen, durch die ein reizendes Geschöpf hinschwebte, sich unter allen Blättern versteckte, und dann, in den Rasen hinabspringend, auf zierlichen Füßen, mit flatternden Gewändern, einem stattlichen Manne zulief, der, auf eine Keule gestützt, auf einem Hügel stand. »Komm' zu mir, schönes Glück«, rief er laut, »mit mir musst du gehen, mein bist du! Denn ich bin der Mut.« – »Muss ich?«, sagte das reizende Wesen und wandte ihm den Rücken. Die Augen, die sich nun dem bleichen Wanderer zukehrten, waren voll strahlenden Übermuts und unsäglicher Schelmerei; Grübchen spielten in Wangen und Kinn, auf Nacken und Armen, und die ganze zierliche Gestalt war von leichtem, flockigem Haar umspielt, das der leiseste Luftzug bewegte, und das im Sonnenschein aussah wie niederfallender Goldstaub.

»Ja«, rief der Mut, »du musst, denn du hast mich lieb – ich habe es gesehen!«

»Ich habe dich hier im schönen Tale lieb und darum habe ich dir auch das Lächeln geschenkt, aber wenn du in die Welt hinaus willst, so geh' allein; dort steht einer, der hat noch nie mit mir gesprochen, und er sieht aus, als sollte ich ihm auch das Lächeln schenken.«

»Dem kannst du's nicht geben!«, rief der Mut. »Versuch's nicht, du tust dir an seiner Sense weh!« Aber schon lief das Glück auf den Sensenmann zu: »Soll ich dir das Lächeln schenken, du Ernsthafter? Du könntest es brauchen!«

»Ja wohl könnte ich's brauchen, denn alle sehen mich ungern und keiner geht mit mir, wenn er nicht muss, weil ich nicht lächeln kann.«

»Ja«, sprach das Glück und ward ganz schüchtern, »um dir das Lächeln zu schenken, muss ich dich aber küssen. Das kommt mir sonst gar nicht schwer an, aber deine Augen machen mich bange.« – »So will ich sie schließen«, sprach der Tod.

»Nein, nein, dann bist du so bleich, dann fürcht' ich mich noch mehr, und deine Sense ist auch so scharf und kalt.«

»So werf' ich sie von mir.« Und weithin warf er die Sense, die im Fallen an die Bäume anschlug. Da fiel das ganze goldene Laub zur Erde, und alle Äste waren kahl, und wie die Sense ins Gras sank, ward das Gras mit Reif bedeckt, und die Blumen hingen geknickt ihre Kronen.

»Ach! Nun hast du meinen Garten zerstört mit deiner hässlichen Sense!«, rief das Glück. »Und ich wollte dir mein schönstes Geschenk machen!«

»Ich wollte es nicht tun, aber die Sense flog mir aus der Hand, und nun bin ich noch viel trauriger, seit ich dich betrübt habe! Du kannst neue Gärten finden, aber das Lächeln schenkt mir niemand mehr!« – »So sollst du es dennoch haben!«, sprach die holde Maid und hüpfte dicht an ihn heran, aber sooft sie ihre Rosenlippen ihm näherte, ward es ihr so kalt, dass sie erschrocken zurückbebte. Da sah er sie flehend an, ohne die Hand zu erheben, als fürchte er, sie mit einer Berührung zu beschädigen; aber der Blick bannte sie, wie eine Gewalt, und sie musste ihn küssen. Doch in dem Augenblick, wo ihre Lippen ihn berührten, sank ihr seine Kälte tief ins Herz, und sie fiel wie tot zur Erde. Der Mut sprang wütend auf den bleichen Jüngling zu: »Du hast mein Glück gemordet!« – »War es dein?«, fragte der Tod und seufzte. »Dann geh' ihm nach, dort schwebt es!« Und wie der Mut mit dem Blick der Handbewegung folgte, da sah er, dass sanfte Winde das Glück auf ihren Flügeln gebettet und es zärtlich forttrugen, wie ein leichtes Wölkchen. Der Mut eilte nach mit kräftigen Schritten und hielt immer die Augen auf das rosige Wölkchen geheftet.

Der Tod stand und schaute, bis es ihm tief innen warm wurde, und langsam eine Träne über seine bleichen Wangen hinabbrann. Er musste an sich selber erfahren, was er noch nicht wusste: dass er weh tat, wenn er das Glück verscheuchte.

Als nichts mehr zu sehen war, als kahle Bäume, dürres Gras und reifgedrückte Blumen, da hob er die Sense auf und blickte traurig ins Tal, als erwarte er, es werde nun alles wieder blühen – aber starr und tot blieb die Erde, und er wandte sich wieder dem Meere zu. Das wälzte endlos seine Fluten heran, so gleichgültig wie früher. Aber der dort oben stand und hinabsah, war nicht mehr gleichgültig, er dachte an die Maid, der er wehe getan, und seine Sehnsucht ward so groß, wie der Ozean zu seinen Füßen. Und dieses Sehnen verklärte ihn zu wunderbarer Schönheit. Ihn ersah eine bleiche Maid, mit wirren Haaren und zerrissenen Gewändern, kam und fiel ihm zu Füßen. Er aber entsetzte sich vor ihr und trat einen Schritt zurück.

»Kennst du mich nicht mehr?«, sprach die Maid. »Ich war dir doch wohlbekannt, und du wusstest, dass ich vor Sehnen nach dir vergehe, ich bin die Verzweiflung. Hast du vergessen, dass du mir versprochen hast, mich einmal, ein einzig Mal zu küssen? Es wäre Glück für ewig.«

Finster wie die Nacht wurden des Jünglings Augen und fürchterlich klang seine Stimme, wie er sprach: »Und du wagst vom Glück zu reden? Weißt du denn, was das ist, das Glück? Wenn du dich nur einmal ihm näherst, so mögest du versteinern!«

»Und müsste ich daran zu Stein werden, so flehe ich um einen Kuss von deinem Munde!«

Der Jüngling schauderte leise zusammen und dachte an die Lippen, die ihn berührt, und dass sie ihm das Lächeln geschenkt, und indem er daran dachte, lächelte er. Wie aber die Maid zu seinen Füßen das sah, flog sie ihm um den Hals und legte den Kopf an seine Brust. Sie merkte nicht den Hass und den Abscheu, der aus seinen Augen blitzte; aber im nächsten Augenblick grinste sie ein scheußlich Gerippe an, zerdrückte sie fast in seinen knöchernen Armen, und ein Totenkopf küsste sie.

Da wankte die Erde und tat sich auf, Städte verschwanden, Feuer strömte aus den Bergen, Wälder wurden entwurzelt, Felsen flogen durch die Luft, der Himmel ward Feuer, und das Meer wälzte sich über die Erde herein. Als es wieder stille ward, stand hoch und versteinert die Verzweiflung in den Gewässern. Der Tod aber brauste als Sturm davon, um unerkannt das rosige Wölkchen zu erreichen.

Willy

Die Mutter Geduld saß heute wieder in ihrem Fenster und schrieb. Sie war an dem Tage oft gerufen worden und hatte ihrem mächtigen Folianten gar manches anzuvertrauen, manches Gute und Erfreuliche auch; darum lag heitere Ruhe in ihren Zügen. Der ganze Raum duftete von herrlichen Blumen, und im Kamin brannte ein mächtiges Feuer, das zauberische Lichter und Schatten über die emsig Schreibende hinwarf. Draußen wehte es kalt, und nadelspitz flog der gefrorne Schnee an das Fenster. Über den See zog sich bereits eine dünne Eisdecke, auf der die Raben stehen konnten; auf den fernen Wegen dröhnte es hart und trocken unter den raschen Schritten frierender Wanderer; der Wind sang so trostlos traurig um das einsame Häuschen, als müsste er der Mutter Geduld allen Erdenjammer erzählen. Er rüttelte und schüttelte auch am Efeu, der zärtlich das kleine Haus umschlang. Mit einem Male horchte sie auf, ein wohlbekannter leichter Schritt glitt an ihrem Fenster vorüber, und im nächsten Augenblick kniete Leiden zu ihren Füßen, atemlos, zitternd, wie ein gejagtes Reh.

»Mutter«, sagte sie, »o Mutter, wie grässlich! Warum warst du nicht da! Da wäre das fürchterliche Weib nicht mit mir gegangen, und das alles wäre nicht geschehen!« Damit sah Leiden sich geängstigt um, als müsse es ihr nachkommen, was sie so heftig erschreckt hatte. Geduld strich ihr sanft über das Haar: »Sei ruhig Kind, hier kommen keine fürchterlichen Leute herein; aber sage mir, was ist denn geschehen?« – »Es ist meine Schuld!«, jammerte Leiden. »Ich habe es getan; o warum bin ich in der Welt, warum bin ich nicht da unten im tiefen See, wo das erstarrte Wasser mich doppelt begrübe!«

»Still, still Kind, klage nicht, murre nicht! Denn du beugst die Stolzen und erweichst die Hartherzigen!« –

»Nein Mutter, das ist es ja eben: Ich verhärte die Herzen, und die sich lieb hatten, kennen sich nicht mehr. Du musst meine Geschichte hören:

Vor zwei Jahren kehrte ich in einem prächtigen Gehöft ein; sie nannten es den Hainhof; wo man hinsah, lachte einem volles, frisches Leben entgegen. Das Vieh war so glänzend und glatt gestriegelt wie die Pferde, die Scheunen waren gefüllt, die Knechte und Mägde in voller, lärmender Tätigkeit. Ein prächtiger Bube, mit blauen Augen und braunen Locken, knallte im Hof mit der Peitsche und wollte durchaus die Kälber umher jagen, die zur Tränke gingen. Da trat ein schönes, schlankes Mädchen mit einer Krone von blonden Zöpfen und lachenden, braunen Augen auf die Schwelle: »O Hans! Hans!«, rief sie laut. »Du Schelm! Du Spitzbub'! Willst du wohl gleich die Kälbchen in Ruhe lassen!« Der Bube lachte und fing erst recht zu knallen an; aber wie der Wind flog das Mädchen heraus, und mit einem eigentümlich strengen, festen Zug auf Mund und Stirn entwand sie ihm die Peitsche, ehe er es bemerkt hatte, und hielt sie hoch in die Luft, so dass er sie nicht mehr erreichen konnte, wie sehr er auch danach sprang. Es war ein reizendes Bild: der Knabe ungestüm trotzend, das Mädchen so gelenk und so fest; ich betrachtete die beiden mit Wohlgefallen. Es war aber noch einer da, der sie betrachtete, ein stattlicher Bursch; es schien der Großknecht zu sein. Als das Mädchen sich umsah, wurde es ganz rot über den Blick, der auf ihm ruhte, und rief: ›Was stehst du so da? Hättest du's ihm nicht wehren können?‹

›O ja, aber dann wär' die Willy nicht herausgeflogen wie ein Schautzteufelchen; ich hab' bloß drauf gewartet, dass sie herauskommt und's gestrenge Gesicht macht!‹

›Ach geh!‹, sagte sie und drohte ihm mit der Peitsche.

Es läutete zum Abendessen; ich wurde hereingerufen und durfte mich unter die Mägde setzen. Da stand der Hainbauer so stramm und stattlich, der hatte ebenso helle braune Augen, wie seine Tochter, und den trotzigen Zug, doch bedeutend schärfer. Die Bäuerin hatte blaue Augen, wie der Bube, aber sonst etwas Gedrücktes, als könne sie nicht recht aufkommen gegen die Willenskräftigen um sie her. ›Hans, den Abendsegen!‹, rief der Bauer. Hans war noch sehr verdrießlich und stammelte: ›Komm', Herr Jesu, setz' dich nieder und gib mir meine Peitsche wieder!‹

›Aber Hans!‹, dröhnte die Stimme des Bauern, der das allgemeine Gelächter damit dämpfen wollte. Die Stimmung war aber eine sehr heitere, Hans wurde viel geneckt und schluckte seine Verlegenheit mit der heißen Suppe herunter. Der Großknecht saß Willy gegenüber, und sie wechselten öfters verstohlene Blicke. ›Der Hans ist mein Kronprinz‹, sagte der Bauer, ›der regiert einmal das Ganze hier, und die Willy kriegt die Batzen und wird Rabenbäuerin!‹ – ›Das werde ich nicht, Vater!‹, sagte das Mädchen, ohne vom Teller aufzusehen, und wieder lag der trotzige Zug über den Brauen, ›ich mag den Rabenbauer nicht.‹ – ›Sie will keine Rabenmutter werden‹, flüsterte die erste Magd dem Großknecht zu, und alle fingen an zu lachen.

›Was hat sie da getuschelt?‹, fragte der Bauer streng und finster. Niemand wollte antworten, bis der kleine Hans ausrief: ›Die Willy wird eine Rabenmutter!‹, da fand das Gelächter keinen Damm mehr; Willy warf ihrem Bruder einen strafenden Blick zu, und der Hainbauer sagte trocken: ›Ich mag die dummen Späß' nicht und wenn ich was sag', bleibt's dabei.‹ Willy schwieg, aber unter den blonden Zöpfen blieb unabänderlich derselbe Gedanke.

Nun aber höre das Schreckliche: In derselben Nacht, als ich dort schlief, bekam der kleine Hans das Fieber; der Arzt wurde eilends geholt, das ganze Haus war in Aufruhr, und noch eh' ich das Dorf, das ich langsam durchwanderte, verlassen hatte, war der kleine Hans bleich und still, das ganze Gehöft wie ein Grab, nur das Schluchzen der Frauen klang aus dem offenen Fenster, wo sie den Knaben in den Sarg legten. Die Bäuerin war ganz zerbrochen und weinte und jammerte beständig; der Bauer biss die Zähne aufeinander in grimmigem Schmerz; Willy tat ihre Arbeit und fuhr sich manchmal mit der Hand über die Augen. Wenn aber der Großknecht sich ihr nähern wollte, sie zu trösten, drehte sie ihm den Rücken und ging davon.

Lange bin ich nicht des Weges gegangen, ich konnte die Arme nicht mehr sehen. Erst jetzt kam ich dort vorbei, ich wollte so gern wissen, was die Leute angefangen und ob die Willy doch wohl Rabenbäuerin geworden, um ihren Vater zu trösten, dass sein Stolz, sein Herzblatt, sein Kronprinz in der Erde lag. O Mutter! Mutter! Hatte ich ihnen nicht Unglück genug gebracht? Da standen sie alle drei auf der Schwelle des Hauses und der Nordwind sauste um sie herum. Die Alte hielt die Schürze über die Augen, der Vater war so wütend wie ein gereizter Stier und schüttelte Willy und stieß sie hinaus mit den Worten: ›Fort, aus meinem Haus, du Dirne! Ich kenne dich nicht mehr!‹

Willys Gesicht war totenbleich, aber unbeweglich, kein Laut kam über ihre Lippen, keine Bitte, keine Klage. Die Tür des Vaterhauses fiel dröhnend ins Schloss, und Willy, in ein Tuch gehüllt, stand draußen im Nordsturm. – Aber unter dem Tuch regte sich etwas, das sie sorgsam schützte, und das bald anfing nach der Mutter Brust zu schreien. Da wurde ihr Gesicht etwas weicher, und sie sah besorgt das kleine Wesen an, mit dem sie allein stand in der Winternacht, sie, die Tochter des reichen Hainbauern. Sie schien nicht sehr kräftig auf den Füßen zu sein und musste sich oft auf den Wegrand setzen, bald um auszuruhen, bald um das Kind zu stillen, das sehr unruhig war. So ging sie die ganze Nacht auf der Landstraße dahin, bis sie in ein fremdes Dorf kam. In einer Haustüre suchte sie etwas Schutz vor dem Winde, setzte sich auf die Steinstufen und schlief ein wenig ein. Kaum aber graute der Tag, so wurde sie von der kehrenden Magd mit harten Worten fortgewiesen. Der Wind hatte etwas nachgelassen; sie war aber so erstarrt, dass sie auf den Füßen schwankte.

Nach einer Weile konnte sie wieder gehen und so schritt sie durch das große Dorf dahin, auf dem hart gefrornen Boden unter dem bleigrauen Himmel, der immer düsterer wurde, je weiter der Tag voranrückte. Das Kind wollte sich gar nicht mehr beruhigen lassen und schrie immer öfter und länger. So ging die arme Willy von Haus zu Haus und bat um Arbeit. ›Wir wollen keine Magd mit einem Kind!‹, war die harte Antwort überall, oder: ›Was soll der Schreihals bei uns?‹ Dann fing sie an und bat um ein wenig Milch für ihr Kind, da bei ihr die Milch von Stunde zu Stunde abnahm. Aber niemand wollte ihr etwas geben, und weiter wanderte sie. Ich ging ihr nach, weil ich nicht mehr von ihr lassen konnte. Auf einmal sah ich jemand hinter mir herkommen, ein grässliches Weib, mit steinernem Gesicht und wildem Haar; sie kam immer näher und näher und als sie dicht bei mir war, lachte sie heiser: ›Du hast deine Sache gut gemacht, nun komme ich an die Reihe, ich bin die Verzweiflung.‹ Da brauste der Wind von Neuem, und es begann ein Schneegestöber, das auch mir den Atem nahm. Willy glaubte sich entfernt zu haben, aber mitten in der Nacht stand sie wieder am Eingang desselben Dorfes und setzte sich in eine Hecke, halb bewusstlos vor Hunger und Kälte. Der arme Säugling in ihren Armen wimmerte unaufhörlich, und nur von Zeit zu Zeit schrie er auf. Am Morgen raffte sie sich noch einmal zusammen und bat aufs Neue an einigen Türen um einen Tropfen Milch. Man schalt sie von Neuem. Einmal gab ihr ein Knabe ein Stück Brot, sie konnte es aber nicht essen, versuchte zwei-, dreimal die trocknen kalten Stücke hinunterzuwürgen; da jammerte das Kind wieder; sie schüttelte den Kopf und warf das Brot in den Schnee. So schlich sie dahin, bis in die Nähe des Flusses, der schon eine leichte Eisdecke hatte, auf der frischer Schnee lag. Der Sturm hatte aufgehört; der Himmel war aber noch bleigrau, und es drohte ein neues Schneegestöber. Das grässliche Weib schritt an mir vorbei, auf Willy zu, die jetzt auf der Brücke stand und hinunterstarrte, und legte ihr plötzlich die Hand auf die Schulter. Willy drehte langsam den Kopf, wie sie aber die steinernen Augen sah, schrie sie auf – das Kind fiel aus ihren Armen; ich hörte noch das Eis knistern und krachen und dann nichts mehr. Willy lag bewusstlos am Boden und Leute, die eben über die Brücke gingen guckten hinunter, schüttelten die Köpfe und hoben sie auf. Ich weiß nicht, wohin sie sie gebracht haben, die schöne Willy mit dem prächtigen blonden Trotzkopf und den hellbraunen Augen. O Mutter! Was habe ich getan? Kannst du nicht helfen?‹ –

›Jetzt nicht, sagte die Geduld und sah träumend vor sich hin, ›aber ich werde helfen, wenn es Zeit ist.‹

Der Winter war vorüber, in der Welt fing es an, sich zu regen, die Meisen und Amseln zwitscherten, in den Feldern war munteres Leben; da stand Willy vor den Richtern, des Kindesmords angeklagt, Sie war weiß, wie ein Tuch; die Augen glitzerten unheimlich in den dunklen Höhlen, und auf alle Fragen schüttelte sie nur mit dem Kopfe. Auf der Stirn und um die Lippen war ein unheimlicher Zug; war es der Widerschein von dem grässlichen Gesicht, das sie auf der Brücke angestarrt, oder waren es die Gedanken, mit denen sie im Gefängnis gerungen?

In der ganzen Versammlung herrschte lautlose Stille und die höchste Spannung. Des Richters Stimme wurde jeden Augenblick schneidender und schärfer: ›Weißt du denn nicht, dass dein Leben in Gefahr steht, wenn du keine Antwort gibst?‹, klang es eben von seinen Lippen; da entstand eine Bewegung in der Versammlung; alle sahen gespannt nach der Tür; denn herein schritt der Hainbauer selber, ganz gebückt, mit weißen Haaren und tiefen Furchen im Gesicht. Willy sah ihn, ballte die Faust und hob sie drohend gegen ihren Vater; doch mit einem Male ließ sie sie wieder sinken; sie wusste nicht, wie ihr war, aber es legte sich ihr so weich aufs Herz, als wollte das Eis in ihr schmelzen, allen unsichtbar war hinter dem Hainbauer noch jemand in den Saal geschritten, das war die Mutter Geduld. Sie sah mit einem Blick, dass es schlecht um Willy stand. Wie ein leichter, warmer Frühlingswind schritt sie an allen vorüber, berührte Willys harte Stirn, flüsterte ihrem Verteidiger einige Worte zu, fing an, dem Richter seine Fragen zu diktieren, streckte die Hand nach dem Hainbauer aus, ihn zu stützen, und mit einem Male verwandelte sich der Anblick des ganzen Saales. Sogar der bleiche Jüngling Tod, der hinter Willy stand und auf sie wartete, zog sich von ihr zurück, es schien, als würde sie ihm diesmal entrissen. ›Sage mir, liebes Kind!‹, frug der Richter ganz sanft, ›warst du lange auf der Landstraße?‹ – Finster stieß Willy heraus: ›Ich weiß nicht mehr.‹ – ›Warst du Nachts draußen?‹ – ›Ja, die Nacht war ich draußen, zwei Nächte, glaub’ ich, im Schneesturm.‹ – ›Hast du denn niemand um eine Gabe angesprochen?‹ Willy knirschte mit den Zähnen. ›Ich ging von Haus zu Haus und bat um Milch für das – für das – verschmachtende Kind, aber es gab mir niemand, niemand etwas. Sie schimpften mich aus und gaben mir hässliche Namen, aber keinen Tropfen Milch!‹

Es entstand ein Gemurmel in der Versammlung; man rief Leute aus dem Dorfe herein, die sagten aus, die Person habe zwei Tage lang bei ihnen gebettelt und sei dann verschwunden.

›Sie ging im Schneesturm, mit einem neugebornen Kinde‹, sagte der Richter streng ›und ihr habt ihr nichts gegeben?‹ – ›Wir dachten, sie wäre eine schlechte Person!‹, antworteten die Leute. Der Richter zuckte die Achseln.

›Und dann kamst du auf eine Brücke und bliebst dort angelehnt, um ins Wasser zu sehen; was geschah weiter?‹ Willy schüttelte sich.

›Ich sah hinunter und wollte hineinspringen, war aber so erstarrt, dass ich die Füße nicht mehr heben konnte, und da – da berührte mich jemand und wie ich mich umdrehte, sieht mich ein grässliches Weib an, mit einem Gesichte von Stein, mit wüsten Haaren und da – da hör’ ich das Eis unten krachen und dann weiß ich nichts mehr!‹

Der Hainbauer stöhnte laut; die Leute sahen einander an; der Verteidiger ergriff mit großer Beredsamkeit das Wort und sprach von Halluzination.

Willy hörte erstaunt zu: ›So heißt das schreckliche Weib?‹, dachte sie bei sich selber. Einmal blickte sie ihren Vater an; der sah so gebrochen aus, dass es ihr heiß und feucht in die Augen schoss, ja, es rollte sogar eine Träne langsam über ihr abgemagertes Gesicht und fiel auf ihre Hand. Sie fühlte ebenso wenig, dass der stille, bleiche Tod langsam von ihr ließ, als sie seine Nähe gefühlt hatte. Sie sah nur mit müden Augen nach der Tür, die sich hinter den Geschworenen schloss. Was sollte ihr Leben oder Tod? Doch quoll wieder eine Träne hervor, als sie ihren Vater ansah, der nach der geschlossenen Tür blickte, als müsse von dort der Blitzstrahl fallen, der ihn töten könnte. Endlich, endlich traten die Männer heraus und sprachen ernst und feierlich: ›Nicht schuldig!‹ Die Bewegung in dem Saale zu beschreiben, wäre unmöglich; es war niemand ruhig als Willy, die wie tot an der Wand lehnte und die Augen erst öffnete, als sie ihren Kopf an einem heftig klopfenden Herzen ruhen fühlte, und zwei Arme sie umschlangen, wie einst, als sie noch ein kleines, schwaches Kind war. Der Hainbauer flüsterte seinem geretteten Kinde leise, leise Worte ins Ohr, die ihr ins Herz sanken, als gäbe es keine neugierige Menge um sie her. Als sie endlich Worte finden konnte, stammelte sie mit trockenen Lippen: ›Die Mutter! Wo ist die Mutter?‹ – Da zuckte es wie Wetterleuchten über des Alten Gesicht: ›Die Mutter ist sehr, sehr krank, vielleicht finden wir sie nicht mehr!‹ – ›O komm', Vater, komm' schnell, schnell!‹, rief Willy und zog ihn fort, so schnell, dass es dem einst so starken Manne schwer wurde, seinem schwachen Kinde zu folgen. An der Schwelle ihres Hauses standen sie einen Augenblick still; Willy legte die Hand aufs Herz, aber das wollte sich nicht beruhigen lassen.

›Vater!‹, hauchte sie, ›Vater, ich fürchte mich!‹ – ›Ich auch!‹, sagte er leise, aus tiefer Brust, Willy trat zitternd ins Vaterhaus und zitternd in die liebe alte Stube. Da lag ihre Mutter, so totenstill, so bleich wie Marmor, aber die Mutter Geduld hatte sie noch geküsst und deshalb lächelte der bleiche Mund. Willy kniete am Bett, und ihr ganzer Körper bebte vor verhaltenem Schluchzen.

Der Hainbauer stand auf seinen Stock gelehnt noch immer in der Türe, und Tränen rannen über sein Gesicht. Er hatte es wohl gewusst, er hatte ihr selbst die Augen zugedrückt, die nun endlich zu weinen aufgehört. Dann ging er hinaus, er konnte nicht mehr sehen. Leiden war im Zimmer, legte seinen Arm um Willy und hauchte: ›Schwester!‹ Mutter Geduld war aber auch da, streichelte Willys Kopf und goss Frieden in die müde Seele, so dass sie es endlich aushalten konnte, die tote Mutter anzusehen, ja sogar die kalte Hand mit den Lippen zu berühren. Dann zeigte ihr die Geduld den Weg zum Vater hinaus, dem sie zum Trost, zur Stütze geblieben war. Ja, Willy war eine starke Seele. Sie fing ein hartes, schweres Leben mit gebrochenem Herzen und mit schwachem Körper an. Sie hatte oft nötig Mutter Geduld zu rufen, wenn ihre Kräfte zu Ende waren, und der Vater, alt und wunderlich, zu viel von ihr verlangte, wenn die Dienstboten ihr nur ungern und widerwillig gehorchten, und die Leute ihr auf dem Kirchgang scheu auswichen.

Sie ist aber eine Armenmutter geworden und hat im Stillen mehr Gutes getan als das ganze Dorf. Doch hatte man immer ein wenig Furcht vor der ernsten, strengen Bäuerin, die nie herb oder hart war, aber auch nie heiter. Sie will nicht heiraten, am wenigsten den, der sie ins Elend gestürzt und in der Not verlassen hat; ihre Habe soll einmal den Waisen zu gut kommen. Ja, Mutter Geduld, du kannst Wunder tun!«

Der Einsiedler

Leiden wollte ruhen; darum stieg sie auf leichten Füßen an einem Hochsommertage ins Hochgebirge, durch den Urwald, hinauf in die stille, großartige Einsamkeit. Nur hie und da murmelte ein Bach unter der Last modernden Laubes, oder es knickte ein Reis auf dem dicken Moose, über das Leiden wegschritt. Von Zeit zu Zeit hoben sich die Blätter, als atmeten die Bäume; dann stahl sich ein Sonnenstrahl hindurch und glitt über die umgestürzten, moosigen Riesenstämme, auf denen neues Leben wucherte: junge Tannen und Buchen, Erdbeeren und Ameisen in dichten Haufen. Mit einem Male wurde es licht; Leiden glitt auf schmalem Pfade, unter türmenden Felsen hin, unter sich den Abgrund, bis der Platz sich ein wenig erweiterte, und sie ein Häuschen fand, das wie ein Adlerhorst an den Felsen geklebt war. Daneben saß ein Mann mit langem, weißem Barte, in einer, in den Felsen gehauenen Nische, auf seinen Stock gestützt und starrte mit finsteren und schwarzen Augen auf die Täler, die sich zu allen Seiten auftaten.

So weit das Auge reichte, nur Berge und Wald; zwei Adler schwebten fast unbeweglich in der zitternden Sommerluft und flogen dann in langsamen Kreisen einander nach.

»Ich bin müde!«, sagte Leiden und setzte sich in den Thymian zu des Einsiedlers Füßen; der ließ langsam seinen Blick über sie hingleiten: »Ist das alles, was du bringst?«, sagte er finster. »Du hattest mir versprochen, du würdest mir einmal die Ruhe mitbringen – ich sehe niemand!«

»Ich glaube, sie kommt mir nach«, erwiderte Leiden träumerisch, »der Wald wird so still; aber ich lasse sie nicht kommen, wenn du dein Versprechen nicht hältst und mir nicht deine Geschichte erzählst.«

Wieder glitt ein finsterer Blick aus den schwarzen Augen über Leiden hin, dann ängstlich suchend in den Wald, dann zitterte der weiße Bart ein wenig und dumpf kam es aus tiefer Brust: »Der Preis ist hoch, aber die Ruhe ist süß. In meiner Jugend war ich arm und guckte die Mädchen nicht an; denn ich wollte kein Elend und kannte Hunger und Durst zu gut, um sie selbst in meine Hütte zu rufen. Ich war aber bärenstark und sehr fleißig und so verdiente ich mir langsam ein gutes Stück Brot und ein Häuschen, das ich mir fast allein gebaut hatte. Nun fiel mir ein, dass die Jugend so ziemlich vorüber wäre, und ich mich eilen müsste, wenn ich noch heiraten wollte. Ich kannte ein schönes Mädchen, mit Augen wie ein Reh, dem einer im Dorf lange nachgelaufen war; sie hatte ihn mehrmals abgewiesen, bis er es endlich einsah, dass er sie nicht haben könnte, da wollte er zuerst ins Wasser; dann besann er sich besser und ging in die Fremde, und man hörte nichts mehr von ihm. An demselben Tage freite ich um Marie und wäre fast umgefallen vor Freude, als, da ich ihr ängstlich sagte: ›Wenn ich dir nicht zu alt bin, möchte ich dich gern zur Frau haben, willst du?‹, sie mit strahlenden Augen ganz sanft erwiderte: ›Sehr gern!‹ Ich glaube, wenn man jung anfängt, sich gern zu haben, weiß man gar nicht, was das heißt, so ein Glück. Wenn man aber jahrelang allein war und kommt dann Abends nach Hause, und da steht eine schöne, junge Frau am Herd und lacht einen aus schelmischen Augen an, da fliegt es einem ganz heiß vom Herzen in den Kopf, und dann nimmt man sein Glück in die Arme und läuft damit herum, wie ein Narr, und dem Wind ist man böse, wenn er die Frau anbläst, und der Sonne gönnt man's nicht, sie anzuschauen. Ja, ich war ganz närrisch vor Liebe und Glück, und als sie mir im andern Jahr einen Sohn schenkte, da musst' ich mich immer ordentlich losreißen, um zur Arbeit zu gehen. Und das Kind hatte gerade solche Augen wie sie, so strahlend und so schelmisch. Bald streckte es die Händchen nach mir aus und zerrte mich am Bart, und dann lachten wir. So ging es sechs Jahre in einer Herrlichkeit; der Bube wurde alle Tage schöner und gescheiter, meine Marie blieb fröhlich und jung in unserm hübschen Häuschen am Berge. Ich war wohl etwas jähzornig, aber dann schickte sie mir immer meinen Buben, und da verging's gleich; denn dem konnte kein Mensch in die Augen sehen und böse sein, so engelschön war sein Gesicht mit den goldenen Locken.

Eines Tages erschien der abgewiesene Freier wieder im Dorf; wir sahen ihn auf dem Kirchgang, und es gab mir einen Stich, dass Marie rot wurde und er blass, und nicht aufhörte, sie anzustarren. Wohl lachte sie mich hernach aus und sagte, sie sei ganz stolz, dass ich auf die Vergangenheit selbst noch eifersüchtig sei.

Ich konnte aber seinen Blick nicht vergessen; warum war sie auch rot geworden; alle Leute hatten es lachend gesehen, und die jungen Burschen waren sowieso neidisch auf mich. Es blieb auch nicht beim ersten Wiedersehen; er pochte auf unsere alte Bekanntschaft und besuchte uns sehr oft, und da er nichts zu tun hatte, kam er auch manchmal, wenn meine Frau allein zu Hause war. Ich fing an, darüber verdrießlich zu werden, besonders seit der Zeit, da ein abscheuliches altes Weib mit einem schönen jungen Mädchen, das dir auf ein Haar glich, bei uns eingekehrt war und sich an unserem Herde erwärmt hatte. Das ließ allerlei Reden fallen, über die bösen Zungen, über einen älteren Mann und eine junge schöne Frau und alte Liebhaber, und dabei sah mich das Mädchen so mitleidig an, wie du mich ansiehst. Den Blick kann ich gar nicht vergessen. Meine Frau war in der Kammer und brachte das Kind zu Bett, und weil sie nicht da war, mich mit ihrer lieben Nähe froh zu machen, sank das Gift tief in mein Herz. Von Stund' an begann ich reizbar und heftig gegen sie zu werden, wodurch auch sie ihre heitere Ruhe verlor und ängstlich aussah, sobald der ungebetene Gast erschien. Ich wollte ihm die Türe weisen; sie litt es aber nicht und meinte klug: ›Willst du, dass er im ganzen Dorf erzählt, du seist auf ihn eifersüchtig und misstrauest deiner Frau?‹ Wie viele bittere Stunden hat es zwischen uns gegeben! Immer wenn er wieder dagewesen war, schalt ich Marie bis tief in die Nacht hinein, es sei ihre Schuld; wenn sie nicht so freundlich wäre, käme er gewiss nicht wieder; und ich, der ihr früher gern die Hände unter die Füße gelegt hätte, konnte jetzt ganz kalt zusehen, wie sie stundenlang ins Kissen weinte, wie ihr fröhliches Lachen aufhörte, und sie mich immer so erschrocken ansah. Von dem Elend, das ich im Herzen hatte, sollte auch sie etwas fühlen, sie war ja Schuld daran. Das alte böse Weib kam öfters durch den Wald, wo ich Bäume fällte, und sagte: ›Geh' nur nach Haus, du wirst ihn schon dort finden!‹ Ich fand ihn auch wirklich, ein-, zweimal und endlich sagte ich: ›Marie, wenn ich ihn noch einmal hier finde, gibt's ein großes Unglück, merk dir's!‹ Und wieder an einem bösen Tag kam das alte Weib durch den tiefen Schnee daher und kicherte und lachte: ›Geh' nur nach Haus! Geh' nur nach Haus!‹ Ich warf die Axt über die Schulter und rannte heim; da stand meine Frau, sehr rot und sprach zornig auf den Menschen hinein; der aber lachte. Ich fasste ihn an der Brust und schwang die Axt über seinem Kopf. Marie aber fiel mir in den Arm und rief: ›Denke an deinen Sohn! Er soll keinen Mörder zum Vater haben!‹ Mir sank der Arm, ich warf die Türe zu und lief in den Wald zurück. Dort lagen die Stämme und Klötze, die ich gehauen, eine Eiskruste bedeckte den Schnee, unten ging der Weg vorbei, den mein Feind nehmen musste, um heimzukehren. Ich streckte meine Arme und begann die Hölzer ins Rutschen und Rollen zu bringen; eines musste ihn treffen, und dann war er tot, und ich war kein Mörder.

Bei den ersten Schritten, die ich unten hörte, schleuderte ich die Stämme hinab, so dicht wie Hagel, und sah mich nicht um; aber plötzlich erklang ein Schrei, der mir durch Mark und Bein ging, von einer Kinderstimme. Mir schwindelte; dann aber sprang ich in Riesensätzen an die Stelle, von wo der Schrei gekommen;

da lagen die goldenen Locken meines Buben in den Schnee gedrückt, aus dem offenen Munde war das hellrote Blut in den Schnee getröpfelt, und die Rehaugen starrten mich an, wie das ewige Gericht. Ich rief ihn bei Namen, ich drückte ihn an mich, hauchte ihm in den Mund, umsonst, er war tot – tot! Ich nahm ihn in meine Arme und trug ihn nach Hause, stieß mit dem Fuß die Tür auf und gab ihn der Mutter mit den Worten: ›Da hast du dein Kind! Der Baum hat es getroffen, der deinem Freund bestimmt war!‹ Sie schrie nicht, sie jammerte nicht; sie weinte nicht, nur ihre Lippen wurden schneeweiß; sie hielt den Knaben zwei Tage und sprach nichts weiter, als leise: ›Mein Kind! Mein Kind!‹ – man musste es ihr gewaltsam entreißen, um es zu begraben. Wir sprachen nicht mehr miteinander. Der Freund war verschwunden, und die böse alte Frau kam auch nicht mehr, die andern Menschen blieben bald fort, weil ich so barsch und meine Frau so still war; so gingen die Tage hin, die Wochen, die Monate. In die Kammer durfte ich nicht mehr; sie bat mich, sie allein zu lassen; ich glaube, sie saß die Nächte an ihres Kindes Bett und drückte sein Kissen an ihre Brust. Sie schwand von Tag zu Tage dahin, es fiel mir nicht auf, ich dachte auch nicht daran, einen Arzt zu rufen, es sollte kein Mensch unser Elend sehen.

Eines Abends rief sie mich mit schwacher Stimme an ihr Bett und sagte ruhig: ›Heute Nacht muss ich sterben, ich will dir aber vorher noch beichten: Ich habe dich gehasst, seit der Stunde, da du mein Glück zerstört hast, und so sehr ich gekämpft habe, und so sehr ich mit dir Mitleid haben wollte, der Hass war stärker!‹ – ›Umso größer war die Liebe zum andern!‹, stieß ich heraus. Sie hob die Hand zum Schwur: ›Niemals! Ich war deine treue Frau bis aus Ende; ich danke dir für das Glück der ersten Jahre und verzeihe dir den Jammer des letzten, – küss' mich, ich habe dich wieder lieb!‹ Zum ersten Male weinte ich und tat Abbitte für alles, was ich ihr getan. Sie legte noch einmal die Hand auf meine Stirn, stieß einen tiefen Seufzer aus und war tot. – Da lief ich fort in die Berge und konnte keinen Menschen mehr sehen und kein Wort mehr sprechen und keine Stimme mehr hören. Ich suche die Ruhe im Wald, in den Felsen, bei den Adlern und Bären und habe sie noch nicht gefunden. Mein Leid ist so groß, dass es die Steine hier erbarmen könnte. Und so alt ich auch bin, es kommt kein Vergessen, ich habe selbst mein Glück gemordet!« –

Der Einsiedler hatte auserzählt. Alle die heißen Leidenschaften seines vergangenen Lebens hatten sich auf seinen Zügen abgespielt. Leidens Augen hatten ihn unverwandt und ruhig angesehen, mitleidig, verständnisvoll.

Jetzt winkte sie nach dem Berge hinüber, hinter dem die Sonne hinabsteigen wollte, und auf großen, breiten Fittichen schwebte die Ruhe daher, sah dem alten Manne in die Augen, bis sie sich schlossen, drückte sie dann zu mit sanfter Hand, hauchte über die starren Züge hin, dass die Bitterkeit aus ihnen verschwand, und der für immer geschlossene Mund fast freundlich aussah. Leiden war schon verschwunden; sie stieg zu Tal und wanderte die ganze Nacht; denn sooft sie die Hand auf eine Türklinke legen wollte, zog sie sie wieder zurück und dachte an den Einsiedler und sein Geschick.

Lotti

Es war Weihnachtsabend. Ein dichtes Schneegestöber wirbelte nieder, und der Wind war so stark, dass er die eine Hälfte der Straße rein fegte, während er auf der andern Berge von Schnee auftürmte. Durch die Fenster fiel heller Schein von all' den Christbäumen, und heraus klangen die Stimmen von all' den hundert fröhlichen Kindern. Einsam und leise schritt Leiden im Schneesturm dahin; sie drehte die Augen nach keiner Seite, um auf die Weihnachtsfreude keinen Schatten zu werfen; sie wollte in ein Haus, wo es keinen Jubel zu stören gab. Da kam sie an zwei Kindern vorbei, einem Mädchen, in dünnem, ausgewachsenem Kleide, und einem kleinen Knaben, der die Herrlichkeit da drinnen im Hause gern sehen wollte. Die Schwester hob ihn mit Aufbietung aller Kraft in die Höhe, so dass er sich ans Fenster anklammern und mit entzückten Blicken die Wunder da drinnen betrachten konnte; wie sie aber ihre Arme streckte, platzte das alte Kleidchen, und ein Ärmel riss aus der Naht. Das Mädchen zerdrückte eine Träne, die ihr an der Wimper fror. Leiden strich ihr mit der Hand über den Kopf: »Ich gehe zu Euch«, sagte sie, »wie steht's heute Abend?« Das Mädchen zuckte die Achseln: »Das Kleine hustet und kann nicht atmen, und die ältere Schwester sagt, die Schmerzen wären groß im Bein, bei dem Wind.« – »Wollt Ihr nicht mit mir nach Hause?« – »O nein!«, rief der Knabe. »Da drinnen ist's so schön, so hell! Hörst du, wie sie lachen?« Leiden sah nicht auf, sondern ging weiter und merkte nicht, dass hinter ihr her der Neid geschlichen kam, mit dünnen Lippen und spitzer Nase und schielenden Augen. Der kam auch an die Kinder heran und flüsterte ihnen zu: »Nicht wahr, wie schön ist es bei reichen Leuten? Was habt ihr denn, Ihr armen Würmer? Ist für Euch nicht auch Weihnachten?«

»Hu! Wie kalt!«, sagte auf einmal der Knabe. »Komm'! Es ist nicht mehr hübsch hier!« Und sie liefen nach Hause.

Als sie die Türe aufmachten, rief ihnen eine magere Frau scharf und ungeduldig entgegen: »Schnell, zu die Tür! Es kommt ja aller Schnee herein!« Sie drückten sich in die Ecke, hinter den Herd; die Frau ging auf und ab, mit einem Kinde in den Armen; das hustete und röchelte und rang nach Luft. In dem einzigen Bett lag ein fieberndes Mädchen, abgemagert, mit wirrem Haar und großen, unruhigen Augen; Leiden saß auf dem Bettrand und hielt ihm die Hand. Das Mädchen sprach in einem fort, leise und rasch: »Siehst du, heute ist Weihnachten, was war das früher so schön, wie es uns noch gut ging! Da hatten wir immer ein

Bäumchen und Äpfel und Pfefferkuchen, und ich hatte auch eine Puppe, die hatte Kleider, wie eine Prinzessin; damals habe ich gern genäht für die Puppe, lieber als für die Menschen heute.« Sie lächelte. »Schade, dass du das Kleidchen nicht gesehen hast, das ich für heute Abend fertig gemacht habe, weiß und rot und Schnüre dran und rosa Schleifchen.«

Da ging der Spalt von der Türe auf, und herein schob sich der Neid, leise, unhörbar, unsichtbar. Es wurde nun merklich kälter im Zimmer. Der Mutter Gesicht ward finsterer, das fiebernde Mädchen unruhiger: »Ach«, stieß es ungeduldig heraus, »immer nähen und nähen! Warum fahren denn die andern, die arm waren, in schönen Wagen und weichen Kleidern und lachen so vergnügt? Wenn die schlecht sind, dann muss es sehr hübsch sein, schlecht zu sein. Was habe ich von meinem Fleiß: Hunger und Schmerzen!«

Die Mutter hörte nichts von dem raschen Sprechen ihrer Tochter, denn in ihren Armen rang das Kind mit dem Tode; draußen heulte der Sturm. Die beiden andern Kinder waren in einem Winkel eingeschlafen, hungrig und erschöpft; aber im Traum hatte der Neid keine Macht mehr über sie, und sie sahen nur noch die wunderschönen Christbäume glänzen. Es war eine lange Nacht, in der in dem kleinen Häuschen ein Lebenslicht auf- und abflackerte, und eine junge Seele an Leidens Hand einen Kampf kämpfte auf Leben und Tod.

Gegen Morgen war beider Ringen vorüber: Das Kind lag tot auf dem Schoße seiner Mutter, das junge Mädchen schlummerte unruhig. Der Sturm war vorüber; glitzernd lag der Schnee getürmt, blau in der Häuser Schatten, rot angehaucht, wo die aufgehende Sonne ihn traf. Dann begannen die Glocken zu läuten zur fröhlichen Weihnacht; da wachten die beiden Kinder auf und sahen den kleinen Toten erschrocken an. Das junge Mädchen richtete sich auf und sah, dass die Mutter weinte; aber aus ihren Augen kam keine Träne: Sie beneidete das tote Kind um seine

Ruhe. Da klang ein lustiges Schellengeklingel, und wie ein lieblicher Traum flogen zwei schöne junge Mädchen, in Pelze gehüllt, im Schlitten vorüber.

Ihre Backen und Augen glänzten von heller Freude im schönen Sonnenschein. Es war nur ein Blitz, aber die im Häuschen waren alle geblendet. Das kranke Mädchen wühlte mit der schmalen Hand im schwarzen Haar, die arme Frau biss die Zähne aufeinander und die beiden Kinder sagten: »Mutter, waren das Engel?« – »Nein«, stieß sie rau hervor, »es waren Menschen, wie wir, nur reich und glücklich, mit vollem Magen und warmen Kleidern.« Leiden berührte ihren Arm: »Willst du, so bringe ich sie hierher, in dein Häuschen, aber um einen Preis: Sie werden Leid und Ungemach haben, und ihre Fröhlichkeit wird fort sein, willst du?« – »Ja«, sagte die Frau, »ich will! Warum sollen die nicht auch einmal wachen und weinen wie wir?«

Leiden seufzte: »Soll ich sie holen?«, fragte sie noch einmal. »So geh' doch! Siehst du denn nicht, dass meine Kinder Hunger haben? Was scheren mich anderer Leute Kinder?« Leiden ging an des jungen Mädchens Bett: »Lebewohl, für jetzt«, sagte sie, »sei brav und vernünftig und nimm dich in Acht, dass ich nicht strafend wieder zu dir komme!« Die Kinder küsste sie: »Ich schicke Euch die Engel und den Heiligen Christ dazu, habt nur Geduld!«, und dann klinkte sie leise die Türe auf und war verschwunden. Neid schlich ihr nach, und an seiner statt schwebte, auf dem ersten Sonnenstrahl, der die Häuserreihe traf, die Hoffnung ins Zimmer und machte es hell; Mutter und Kinder sahen gespannt zum Fenster hinaus, das Mädchen strich die Haare zurück und die bösen Gedanken von der Stirn und wartete. Leiden schritt so leicht über den Schnee dahin, dass sie kaum eine Spur zurückließ, als wäre sie von dem feinen Ostwind getragen, der mit spitzer Zunge den schönen Wintermorgen verhöhnte. Sie ging durch die vornehmsten Straßen und verschwand in einem der stattlichsten Häuser. Lautlos kam sie herein, so dass niemand sie bemerkte, keiner von den Dienern, die sich in der Halle auf den roten Polstern dehnten, nicht einmal der Papagei, der »Kanaille! Kanaille!«, rief und ein sehr weises Gesicht machte. Sie ging die breite Treppe hinauf, da duftete schon alles nach Tannen; auf eine hohe Tür schritt sie zu, durch die Gelächter von jugendlichen Stimmen heraustönte, und unbemerkt stand sie in einem hohen, weiten Saale, durch dessen viele Fenster die Sonne hereinströmte und die weiß gedeckten, langen Tafeln streifte, auf denen man die ganze Bescherung hatte liegen lassen; an dem einen Ende des Saales standen drei riesige Tannenbäume, deren Zweige sich bogen unter ihrer bunten, glitzernden Last, rings um den Saal wohl dreißig kleinere; die sechs mächtigen Kronleuchter waren mit Tannengirlanden und Ketten von Glaskugeln umwunden und von einem zum andern schwebten Reihen von bunten Papierlämpchen. Es musste im strahlenden Lichterglanz des vorigen Abends feenhaft ausgesehen haben. Mitten in all der Herrlichkeit aber spielten zwei hohe, schlanke, biegsame Gestalten in dunklen, knapp anschließenden Tuchkleidern Federball; jede ihrer Bewegungen war von seltener Grazie, und die feinen Profile mit den schön geschwungenen Augenbrauen hoben sich von den dunklen Tannen wundervoll ab. Die eine hatte ihr goldbraunes Haar in üppigen Wellen weit über die Schultern hängen, vorn nur mit einem Bande gehalten, der andern lag eine Last von blonden Zöpfen im Nacken. Die zurückgebogenen Köpfe zeigten einen tadellos angesetzten Hals und die lachenden Lippen perlweiße Zahnreihen. Es war ein Anblick für Götter, und olympisch heiter sah auch der junge Mann aus, der in feinstem Morgenanzuge eine Zigarette in der schönen beringten Hand hielt und, nachlässig in einen Sessel zurückgeworfen, von Zeit zu Zeit mit kräftiger Baritonstimme halbfrivole Lieder anstimmte, wofür er regelmäßig mit einer Flut lachender Scheltworte überhäuft wurde. »Ich gebe meinen gestrengen Cousinen zu bemerken«, rief er, »dass der Ball soeben zum vierzehnten Mal zur Erde fiel, und dass ich infolgedessen sehr bedaure, mit meinem Vorschlag abgewiesen worden zu sein, jeden Sturz mit einem Kuss bestrafen zu dürfen!« Die Mädchen lachten, mit einem Male aber bemerkten sie Leiden, die so ernst in die Fröhlichkeit hineinschaute, wie eine ferne Hagelwolke beim Erntefest. »Wer bist du denn?«, fragten die beiden Mädchen fast zugleich, indem sie auf ihren sonderbaren Gast zugingen. Leiden hätte gern die Augen niedergeschlagen, um die drei schönen jungen Köpfe im Saale nicht ansehen zu müssen; sie war aber da und fühlte sich wie gebannt. Sie sah sie alle drei an und sagte dann mit ihrer tiefen, weichen Stimme: »Ich komme eben von einem Hause, wo man seit gestern nichts gegessen, wo heute Nacht ein Kind gestorben ist und ein Mädchen lahm zu Bette liegt. Zwei andre Kinder fand ich gestern im Schneesturm, wie sie einen Christbaum bewunderten. Wollt ihr nicht helfen?« – »Gleich! Gleich!«, rief die Goldbraune. »Albrecht, sei so gut und bestelle den Schlitten, Cara, laufe zur Mutter und bitte sie um Geld, ich will Sachen holen!«

Mit der unglaublichsten Schnelligkeit wurde alles ins Werk gesetzt; nach einer halben Stunde stand der Schlitten, mit Holz, Körben und einem der Christbäume bepackt vor der Tür, und die jungen Leute drückten sich hinein, so gut sie konnten. Die Mutter, eine feine, vornehme Frau mit klugen Augen, hielt ihre Älteste, Doris, einen Augenblick zurück, um ihr noch allerlei einzuschärfen, worauf diese ihre beiden Hände küsste; dann flog auch sie die Treppe hinunter, den andern nach, und nun ging's in gestrecktem Lauf zu dem Haus der Armen.

»Mutter! Die Engel!«, riefen die Kinder, und da stiegen sie aus und brachten den Baum herein. Cara kniete schon am Herd und machte Feuer, Doris stellte den Christbaum an das Bett der Leidenden, verhängte das Fenster und zündete ihn an, gab den Kindern Brot und Kuchen, und dann standen die beiden schönen Mädchen vor dem Bett der Kranken und sangen zweistimmig ein Weihnachtslied. Der kleine Bube starrte mit gefalteten Händen bald die Lichter, bald die Engel an, und große Tränen liefen über sein blasses Gesichtchen. Albrecht hatte nicht recht gewusst, was er mit sich machen sollte; jetzt aber, wo die beiden Mädchen der Frau halfen, die Suppe zu wärmen, den Kindern das Fleisch zu schneiden, näherte er sich dem Bette und betrachtete mit Kennermiene die schwarzen Augen, die in unheimlicher Glut die Lichter des Christbaums widerspiegelten. »Wie heißt du denn?«, fragte er teilnehmend mit seiner angenehmen Stimme. Das Mädchen sah ihn an, lang und ernst, und fühlte den Blick aus den wundervollen blauen Augen im Herzen brennen; dann wurde sie rot, schlug die Augen nieder und sagte: »Lotti!« Bald entspann sich ein lebhaftes Gespräch zwischen den beiden, worauf Albrecht seine Brieftasche herauszog, einige Worte schrieb und den Diener mit dem Befehl fortschickte, den Arzt im Schlitten zu holen; sie würden so lange warten. Doris' Auge ruhte blitzend auf ihrem Vetter, der sich auf den Bettrand gesetzt hatte und eifrig mit Lotti sprach. Kaum war der Schlitten fort: »So«, sagte sie, »für heute haben wir hier nichts mehr zu tun, und ich will zu Fuß nach Hause. Wir kommen in wenig Tagen wieder, bis dahin habt Ihr Vorrat!« Und so schritt sie zum Hause hinaus, ohne auf die Widerrede ihres Vetters zu achten.

Andern Tages sah es in der Hütte hell und freundlich aus, im Palaste aber waren Kummer und Sorgen eingezogen; Cara war beim Schlittschuhlaufen auf den Rücken gefallen und lag nun mit heftigen Schmerzen, an allen Gliedern gelähmt, zu Bett. Regungslos ruhten die schneeweißen Hände neben den blonden Zöpfen auf der Decke, und der Vater streichelte sie, indem ihm Tränen in den Bart liefen; dann lächelte Cara, aber die Augen blickten erloschen und tief aus den Höhlen heraus, und um die Lippen zuckte es von verhaltenem Stöhnen. Traurig schlich das Leben hin, viele Wochen; wenn man Cara frug, wie es ihr ginge, antwortete sie immer freundlich: »Ich glaube, ein wenig besser!« Die Schmerzen hatten aber Gesicht und Körper abgemagert, und

Hände und Füße blieben gelähmt. Die einzige Erheiterung brachte Albrecht, der ihr allerhand erzählte oder lustige Lieder sang. Doris wurde blass und mager bei der anstrengenden Pflege, so dass sie endlich von ihrer Mutter förmlich hinausgetrieben wurde. Sie dachte an Lotti und ging, sie zu besuchen; wie erstaunte sie aber, als sie das Häuschen wie umgewandelt fand, am allermeisten aber Lotti. Zierlich, jedoch runder in allen Formen, kam die ihr entgegen, und das leichte Hinken, das ihr geblieben war, stand ihr gut. Ihre Augen hatten lachen gelernt und ihr ganzes Wesen hatte etwas anmutig Heiteres bekommen. »Aber Lotti, wie gut du aussiehst! Ich fürchtete, du würdest denken, wir hätten dich vergessen!« – »Wie konnte ich das denken?«, sagte Lotti. »Da Ihr Bruder uns immer besucht hat!« – »Es ist nicht mein Bruder!«, antwortete Doris kurz und wurde rot. Es entstand ein verlegenes Schweigen, das Doris unterbrach, indem sie die Schularbeiten der Kinder zu sehen verlangte, die, von Lotti beaufsichtigt, sehr ordentlich aussahen; denn diese hatte in der guten Zeit noch eine tüchtige Schulbildung erhalten.

Wenige Tage darauf reiste Albrecht fort; es war ein harter Abschied für die armen Mädchen. Beim Lebewohl küsste er Doris die Hand und sah ihr tief in die Augen; die ihrigen füllten sich mit großen Tränen; sie wollte noch etwas sagen, konnte aber keinen Ton hervorbringen. »Im Sommer komme ich wieder!«, sagte er und war fort.

Lotti ging es bald so gut, dass sie zu Fuß kam, um Cara zu besuchen; die hatte so große Freude, sie zu sehen, dass sie sie gar nicht mehr fort lassen wollte, und so wurde Lotti als Dienerin und Pflegerin für Cara angestellt, der sie bald unentbehrlich wurde.

Im Frühjahr zog die ganze Familie in ihr schönes Schloss auf dem Lande, wo die arme Kranke den ganzen Tag unter den hohen Bäumen liegen konnte. Dorthin kam auch Albrecht, und Doris machte mit ihm große Spazierritte im Park, oder sie saßen stundenlang plaudernd bei Cara. Er fand aber immer Zeit und Gelegenheit, Lotti allein zu sehen und zu sprechen; im Anfang war sie sehr spröde gegen ihn; mit seinem herzgewinnenden Wesen wusste er sich aber wieder so einzuschmeicheln, wie damals im Häuschen in der Stadt; es machte ihr große Freude, wenn er ihr sagte, die Eltern wollten ihn durchaus mit Doris verheiraten, er dächte aber nicht daran, denn sie gefiele ihm gar nicht. Cara sah wohl, dass mit ihrer Lotti etwas vorging, sie war aber weit entfernt, zu ahnen, welchen Kampf sie einerseits mit ihrem Herzen bestand, das heiß und stürmisch nach Liebe und Glück verlangte, andrerseits aber auch mit Pflicht und Gewissen, die sie wieder nüchtern zu machen suchten.

Doris ahnte nichts. Sie ließ sich von dem Glück der geliebten Nähe Albrechts vollständig einwiegen.

Albrecht hatte Lotti wirklich lieb, wollte sich aber die gute Heirat mit Doris nicht entgehen lassen; so war er voll kleiner, zarter Aufmerksamkeiten für diese, die dann in stillen Stunden mit Cara besprochen und aufgezählt wurden. Lotti wusste sich geliebt, darum hatte ihre Eifersucht auf Doris keine Grenzen; jeder freundliche Blick, jeder unbewusste Scherz von Doris war für sie Gift und Galle; sie musste helfen, sie zu schmücken, und zusehen, wie Doris strahlenden Auges in den Spiegel sah, siegsgewiss, hoffnungsvoll; sie musste es geschehen lassen, dass ihre vergötterte Cara alles tat, um ihre Schwester ins beste Licht vor Albrecht zu stellen. Manchen Abend im Park kam es zu heftigen Szenen, bei denen Lotti in glühende Vorwürfe ausbrach, Albrecht aber noch viel leidenschaftlichere Liebesanträge machte. Lotti war stolz, sie wollte seine Frau sein, und endlich versprach er ihr auch, sie zu heiraten, sobald er sich seine Stellung geschaffen, die für sie beide genügte. Er sollte bald fort ins Ausland mit einer Gesandtschaft.

Lotti verlangte von ihm, offen im Hause zu sagen, er gedenke sie zu heiraten, dazu war er aber durchaus nicht zu bewegen.

Wieder dachte Lotti: »Wär' ich reich, wie die andern!« Manche lange Nacht wühlte sie in ihren schwarzen Haaren, und am andern Tage glühten dann ihre Augen wie Kohlen, so dass es Albrecht fast unheimlich zumute wurde, und er fürchtete, sie möchte ihm doch noch Verlegenheiten bereiten. Er beschleunigte seine Vorbereitungen zur Abreise. Am letzten Abend war er mit Doris im Park, da begann er, ihr von seiner Zukunft zu sprechen, und dass er als gemachter Mann wiederkommen werde, dann werde er um sie freien und hoffe, nicht abgewiesen zu werden; zum Schluss legte er ihr ein Armband an, umfasste sie und drückte einen Kuss auf ihre Lippen. Doris, über und über glühend, lief davon, zu Cara, fiel vor ihrem Lager auf die Knie, küsste ihre Hände, ihre Haare, ihre Augen und war so stürmisch glückselig, dass es der armen Kranken fast zu viel wurde. Als Albrecht den Park verlassen wollte, stand Lotti vor ihm und sah ihn so medusenhaft an, dass ihm ganz ängstlich zumute wurde. Er hoffte noch, sie habe nichts gehört, er tat einen Schritt vorwärts, sie aber schlug ihn mit der Faust ins Gesicht und verschwand. Sie lief, so schnell sie die Füße trugen, in ihr Zimmer, tobte die ganze Nacht, biss in ihr Kissen und glaubte zu sterben vor Wut und Verzweiflung.

Albrecht, der wenig schlief, konnte Lotti nicht mehr sehen und ihr das Versprechen abnehmen, zu schweigen. Zweimal klopfte er an ihre Tür, sie blieb aber still, bis er fort war, dann murmelte sie ihm Flüche nach. Am Morgen reiste er ab, ohne sie gesehen zu haben. Doris winkte ihm noch lange nach und weinte dann selige Tränen. Cara ward ängstlich besorgt, als sie Lotti sah; es war eine förmliche Zerstörung in ihrem Gesicht, als wäre etwas in ihr zersprungen. Sie musste es ertragen, fortwährend von Albrecht sprechen zu hören und gegen Doris fühlte sie einen wahren Hass.

In der ersten Zeit kamen Briefe von Albrecht, sie wurden aber immer seltener und kürzer. Nach einem Jahre blieben sie ganz aus. Doris hatte noch lange gestrahlt in ihrem Glück und war zu seltener Schönheit aufgeblüht; ihr zur Seite stand die Hoffnung, schimmernd, rosig wie Pfirsichblüten; an Caras Bett saß Mutter Geduld, den andern unsichtbar, und verklärte das bleiche Gesicht mit ihrer holden Nähe; neben Lotti gingen Neid und Hass und zehrten Tag und Nacht an ihrer Kraft. Im zweiten Jahre schwand die Hoffnung von Doris, im dritten Jahre ging diese so müde durchs Haus, als wäre ihr jeder Schritt zur Last. Lotti lebte auf; ja oft sah Doris, wenn Lotti ihre Haare kämmte, im Spiegel die schwarzen Augen schadenfroh sie anblitzen und ihr müdes Gesicht ausforschen. Doris' Eltern wurden alt und grau in dieser Zeit. Albrechts Name wurde nie mehr genannt; es war, als wäre er aus aller Gedächtnis ausgelöscht, und doch dachten alle nur an ihn.

Eines Morgens saß Doris mit ihren Eltern am Frühstückstisch; Cara lag noch zu Bett, sie wurde immer erst später heruntergetragen. Der Vater las aus der Zeitung vor, seine Frau hatte das Kinn auf die schmalen Finger gestützt; in ihr Gesicht hatten sich unzählige feine Linien eingegraben; ihr täglicher Gast war die Sorge; doch schaute sie freundlich unter den grauen Haaren und dem feinen Häubchen heraus; nur verstohlen streifte ein ängstlicher Blick ihre Tochter, die müde im Stuhl zurückgelehnt, mit einer Blume spielte und mit zusammengezogenen Brauen vor sich hinstarrte.

Manchmal sah sie zum Fenster hinaus und folgte, mit schweren Augenlidern, dem Fallen der welken Herbstblätter, die im dichten Nebel langsam zur Erde sanken. Im Kamin brannte das Feuer hell, es war das einzig Lustige im Zimmer. Da wurde ein Brief hereingebracht und Doris' Vater übergeben; der drehte ihn zwischen den Fingern und betrachtete Adresse und Siegel. Doris hatte gleichgültig hingesehen. Mit einem Mal aber bebte jeder Muskel in dem schönen Gesicht, groß und glitzernd richteten sich die Augen auf den Vater, die Nasenflügel zitterten, und zwischen kurzen Atemstößen flog es heraus: »O Vater, lies! Bitte, lies schnell!« Er las lange, lange, ohne ein Wort zu sprechen. Endlich faltete er den Brief zusammen: Doris' Folter sollte zu Ende gehen, sie war einer Ohnmacht nahe.

»Albrecht kommt«, sagte er nachdenklich und wollte weiter sprechen, aber aus Doris' Brust kam es wie Jauchzen und Schluchzen zugleich, sie sprang auf, flog ihrer Mutter um den Hals und stürmte zum Zimmer hinaus, die Treppe hinauf, zu Cara: »Cara! Er kommt! Er kommt!«, frohlockte sie und bedeckte sie mit Küssen. Lotti stützte sich auf den Bettrand; es war, als blicke ein gefallener Engel auf Selige. Endlich kam es kurz und rau von ihren Lippen: »Wer weiß, wie er geworden ist!« Doris fühlte einen giftigen Stich; ehe sie aber antworten konnte, wurde sie heruntergerufen zu ihrer Mutter. Als sie hereintrat, ging ihr Vater unruhig auf und ab und sah sie nicht an; ihre Mutter aber saß in einem kleinen Sessel vor dem Kamin und starrte ins Feuer. Doris sah alles mit einem Blick; ihr war, als senke sich ihr etwas Schweres, Kaltes ins Herz. »Komm' her, liebes Kind«, sagte die Mutter, »knie her zu mir, ich habe dir etwas mitzuteilen. Du hast doch immer Vertrauen zu uns gehabt, mein Kind, nicht wahr? Du hast stets geglaubt, dass wir mit dir gelitten haben, destomehr, weil wir dir nicht helfen konnten!« Doris konnte nicht sprechen, sie küsste der Mutter Hand und sah sie dann wieder mit großen brennenden Augen an: »Wenn ich dir sage, dass Albrecht deiner nicht mehr wert ist, so wird mein Kind es mir glauben; er ist nicht gut geblieben, man sagt, er hat sein Vermögen verspielt, und wir möchten nicht, dass er die Hand unseres Kindes verlangte, um sich aus Schulden zu reißen. Ich weiß, du wirst stolz sein, wie es deiner Mädchenwürde geziemt; du wirst ihm nichts von deiner Seele Kampf und Weh zeigen und ihm so begegnen, wie er es verdient.«

»Wann wird er kommen?«, fragte Doris kurz und hart. »In wenig Tagen; wir können ihm nicht von vornherein das Haus verbieten, wegen seiner Mutter, ich verlasse mich auf dich, mein Kind!« Doris stand mit blitzenden Augen, hoch aufgerichtet im Zimmer; sie schien gewachsen und sah herausfordernd, kampfbereit aus. Ohne ein weiteres Wort ging sie in den Nebel hinaus; sie streifte stundenlang, ohne Weg und Steg im Park umher und malte sich das Wiedersehen aus, wie stolz, wie kalt sie sein würde; sie brach kleine Zweige ab und zerbiss sie mit ihren weißen Zähnen; es war ihr, als könnte sie nie wieder nach Hause, als müsste sie ewig im Walde umherstreifen. Als sie heimkam, glitzerten ihre Haare, Kleider, Augenbrauen von tausend kleinen Tropfen. Sie sah in den Spiegel, aus dem sie ihre Züge hart und gespannt anblickten. »Der Wald«, sagte sie, »hat Mitleid mit mir gehabt, da sind seine Tränen.« Sie konnte sich nicht entschließen, zu Cara hineinzugehen, sie konnte ihre Liebe nicht ertragen. Cara weinte lange in den Armen ihres Vaters; er trocknete ihr die Tränen, die sie für die Schwester vergoss, und sprach zärtlich in sie hinein. Lotti ballte die Faust: »Sie soll ihn nicht haben, so lange ich lebe!«

Von da an ging Doris viel durch den Wald und besonders auf einem Wege an alten Weiden auf und ab. Dort schien die Sonne noch warm hin; das tat Doris wohl, die ein Gefühl von Kälte gar nicht loswerden konnte. Einmal lehnte sie erschöpft an einem der mächtigen Stämme, hatte die Hand aufs schmerzende Herz gedrückt und die Augen geschlossen. Da hörte sie ganz nah eine Stimme, bei deren Klang sie zusammenschauerte, wie eine Blume im Frühlingsregen: »Doris!«, und da stand Albrecht; dieselben schönen Augen, dieselbe Anmut der Bewegungen, aber doch so verändert! Er streckte ihr die Hand entgegen. Sie wollte die eiskalten Fingerspitzen hineinlegen und zurückziehen, er aber hielt die kleine Hand fest: »Soll ich ungehört verdammt werden?«, fragte er sanft und lächelte so traurig, dass Doris gar nicht so fremd und stolz sein konnte, als sie es sich vorgenommen. Er wartete auch auf keine Antwort, sondern sprach so bewegt in sie hinein, klagte sich selbst an und verteidigte sich zugleich, erinnerte sie an all die schöne Liebe, die doch unmöglich verweht und vergangen sein könnte, ja er lese es in ihrem Gesicht, dass sie an ihn gedacht, – so dass die arme Doris, bald rot und bald blass, mit scheuen Blicken sein Gesicht streifte und, als er ins Haus ging, sich der Tante vorzustellen, draußen blieb; denn ein unbequemer Freund, Gewissen genannt, sagte ihr, dass sie nicht ganz so gewesen, wie es ihre Eltern erwartet. Das peinliche Verbot wurde auch nicht mehr in der Familie berührt; die Begegnungen im Park wiederholten sich aber immer häufiger, und es entstand sogar eine Korrespondenz, die der hohlen Weide anvertraut wurde. Doris' Mutter sah wohl das unruhige Flackern in ihrer Tochter Augen, schob es aber auf den älteren Kampf, den ihr Kind zu kämpfen hatte.

Doris wollte oft die Lippen öffnen zu einer Beichte, schloss sie aber immer wieder, wurde täglich reizbarer, sprach in hohen Tönen und lachte über alles. Lotti wusste ganz genau, was vorging; sie wartete sprungbereit, wie die Katze, damit ihre Rache vollkommen würde. Eines Tages konnte Doris nicht hinaus und bat Lotti in scheinbar gleichgültigem Tone, einen Brief in den Baum zu tragen. Lotti hielt den Brief zwischen den Fingern und sah bald ihn, bald Doris an: »Nun«, sagte Doris scharf, ohne aufzusehen, »ist dir's vielleicht unbequem?« – »Nein«, sagte Lotti ganz gelassen, machte die Tür zu und kam dann mit tigerähnlichen Schritten zurück, bis vor Doris. »Den Brief«, sagte sie, »werde ich erst dann hintragen, wenn ich Ihnen gesagt habe, was Ihr Geliebter für ein Mensch ist.« Lotti sah so dämonisch aus, dass es Doris grauste. »Mich hat er lieb gehabt lange vor Ihnen, mich hat er hundertmal im Park geküsst, bevor er Ihnen den ersten Kuss gab, der Sie so selig machte; mir hat er die Ehe versprochen vor Ihnen, mich hat er sein Herzchen, sein Liebstes, sein alles genannt vor Ihnen, und an dem Abend, als Sie seine Braut wurden, da hat er einen Schlag von mir ins Gesicht bekommen, und jetzt ist er so schlecht, dass ihn kein ordentliches Mädchen haben möchte, und Sie fangen eine heimliche Liebschaft mit ihm an!« Doris schwindelte es, und noch ehe sie die Worte und ihren Sinn recht gefasst hatte, war Lotti aus dem Zimmer hinaus und ließ sich nicht mehr sehen.

Am darauffolgenden Abend, als sich Lotti eben zu Bette gelegt hatte, stand Doris vor ihr, wie ein Geist, schüttelte sie am Arm und sagte: »Komm!« Sie folgte Doris in ihr Zimmer, die die Türe verschloss und den Schlüssel zu sich steckte: »Jetzt erzähle mir das alles noch einmal!«, stieß sie schweratmend heraus. Lotti fühlte nicht mehr den Genuss, den es ihr im ersten Moment gewährt hatte; sie schämte sich auch ihrer Schwäche und erzählte zögernd und zurückhaltend; dabei musste sie immer Doris ansehen, die jeden Augenblick entstellter aussah, sich auch zwei-, dreimal krümmte, Lotti wusste nicht, ob vor physischem oder seelischem Schmerz. Ein leises Stöhnen unterdrückend, zog sie eine kleine Papierrolle aus der Tasche und lächelte mit zuckenden Lippen: »Du hast dich nur an mir gerächt, nun noch an ihm, du bist mir das schuldig; denn du hättest mir diese Qual ersparen sollen. Morgen früh gehst du in die Stadt und gibst ihm das selbst, ich verlange es von dir!«

Kaum hatte Doris die Worte heraus, als sie furchtbar zu stöhnen begann, und nun folgte eine Nacht, in der Lotti schauderte beim Anblick der grässlichen Qualen ihrer jungen Herrin. Sie wollte immer den Schlüssel nehmen und die Familie rufen; Doris erlaubte es nicht. »Nein«, sagte sie, »wir beide müssen allein sein in dieser Nacht.«

Erst als das Bewusstsein zu schwinden begann, gelang es Lotti, den Schlüssel der krampfhaft geschlossenen Hand zu entwinden und die Eltern zu rufen. Sie kamen noch zu den letzten Atemzügen ihrer Tochter, die noch einmal die Augen aufschlug, ihre Mutter erkannte und, ihr alle Fingerspitzen nacheinander küssend, flüsterte: »Lebewohl, Mutter! Lebewohl, Mutter! Verzeih mir!«

Dann erfasste sie ein letzter, entsetzlicher Kampf, und als die Sonne aufging, war sie eine Leiche. Während die Eltern bei Cara waren, ihr den Schlag so langsam wie möglich beizubringen, schlich Lotti in ihr Zimmer. Dort rollte sie den Zettel auf, darauf stand nur: »Hätte ich an dich glauben können, so hätte ich gelebt. Doris.« Dann machte sie sich auf den Weg in die Stadt, zu Albrecht, der noch in unruhigem Schlaf zu Bett lag. Lotti sah ihn lange an, so scharf, so durchbohrend, dass ihn ein Angstgefühl durchbebte. Er fuhr empor: »Was ist?«, rief er erschrocken. Lotti reichte ihm das Blatt, ohne ein Wort zu sprechen, und bevor er es entfaltet hatte, war sie fort. Er warf sich in seine Kleider und stürzte hinaus, ihr nach, fand sie aber nicht. Er lief den ganzen Tag, er umkreiste das Schloss, er durcheilte den Park, er sah aus, als ob die Furien hinter ihm wären; dann ging er nach Hause, setzte sich an seinen Schreibtisch und begann in vielen unsauberen Papieren zu blättern. Große Tropfen standen ihm auf der Stirn. Abends ging er zu Freunden und spielte die ganze Nacht; während kurzer Zeit gewann er große Summen; dann aber verlor er alles, was er hatte und noch viel mehr dazu. Eines Morgens schwankte er in sein Zimmer, lud eine Pistole und erschoss sich.

Lotti war nach Hause gekommen, unbemerkt, wie sie gegangen, als sie aber bei sich eintrat, stand Leiden vor ihr, mit so fürchterlichen Augen, dass Lotti vor ihr auf die Erde fiel, mit dem Gesicht in den Händen. Und als gar Leiden anfing zu sprechen, da wurde sie von einem großen Zittern befallen, bei den strengen Worten, die wie Hammerschläge auf sie niederfielen; sie wand sich auf der Erde, wie ein Wurm; aber Leiden war unerbittlich: »Du hast deine Arbeit gut gemacht«, sagte sie, »du hast dich gerächt, an wem? An denen, die dir Wohltaten erwiesen von der ersten Stunde an, die dich aus Not und Elend gerissen haben, denen du alles verdankst, dein Leben, deine Gesundheit, die dich behandelt haben, wie ein Kind und wie eine Schwester. Sie waren glücklich, eh' ich sie zu euch geholt, und wie sind sie jetzt? Ich weiß, dass du dich nun ins Wasser stürzen willst; ich erlaube es dir aber nicht; denn du brauchst ein ganzes, langes Leben, um die Gedanken zu sühnen, die deine Jugend vergiftet haben; du wirst dich ganz der armen Cara opfern, an deren Bett du mich noch oft sehen wirst, und nimm dich in Acht, dass du vor meinem Blick nicht zittern musst, wie heute. Cara braucht dich, denn ihre Eltern sind gebrochene Leute, und nur durch die grenzenloseste Aufopferung darfst du auf meine Verzeihung hoffen. Jetzt kann ich sie dir nicht gewähren!« –

Es war wieder Weihnachtsabend. In der Hütte brannte ein schöner Christbaum, den Lotti in Caras Namen hingebracht. Die Kinder hatten rote Backen und jubelten laut. Die Mutter war auch ganz verjüngt und lächelte. Nur Lotti war bleich wie der Tod und finster wie die Reue: »Hier sieht mich meine Mutter an«, dachte sie, »und denkt: Lotti ist schlecht geworden, und dort sieht mich Doris' Mutter an und denkt: Hättest du mich gerufen, wir hätten mein Kind vom Tode gerettet! O wäre ich lieber verhungert!«

Im Schloss brannte eine verdunkelte Lampe an Caras Bett, ihr Vater las ihr etwas vor, mit matter Stimme; ihre Mutter saß auf dem Bettrand, streichelte ihre Hände und trocknete mit einem feinen Tuch die einzelnen schweren Tränen, die langsam über ihres Kindes süßes Gesicht hinrollten. Cara hatte den ganzen Abend nichts gesprochen, nur einmal frug sie:

Medusa

Das Wasser toste und schäumte durch die gewaltigen Felsen, die sich so nahe zusammendrängten, dass in schwindelnder Höhe kaum ein Streifen blauen Himmels sichtbar war. Auf schmalem glatten Pfade, an der triefenden Felswand hin, lief Leiden, so rasch, als wäre der Pfad sicher und die Umgebung eine Blumenwiese. Die entgegenstürzenden Gewässer schienen sie jeden Augenblick verschlingen zu wollen. Das Dröhnen, das, tausendmal wiederholt, zu schwellen und zu wachsen schien, klang so bedrohlich, als müsse die vermessene Wanderin davor umkehren, aber mit brennenden Wangen eilte Leiden dahin, so dass die langen schwarzen Haare zurückflogen, wie eine düstere Wolke. Ihre Nasenflügel bebten, ihre Lippen öffneten sich, und mit ausgebreiteten Armen flüsterte oder rief sie etwas, das verhallte, bevor es ausgesprochen war. Ihre Augen sahen weit hinaus, als wollten sie das Dunkel ergründen, mussten sich nun aber dennoch senken, denn die Schlucht wurde enger, und die letzte Spur des Pfades war von Wasser überschwemmt. Unter ihr siedete ein Strudel, über ihr stürzte Wasser und immer Wasser in ewig sich erneuenden Massen nieder; bald war es wie ein Gesang, bald wie jammernde Stimmen, bald wie krachender Donner. Nur einen Augenblick stand sie still, dann nahm sie ihr dünnes Röckchen in die Hand und begann das Wasser zu durchwaten, welches die Felsen insoweit geglättet und ausgehöhlt, dass für die kleinen Füße Platz war. Mit der einen Hand hielt sie sich an der Felswand und sah von Zeit zu Zeit in die brausende Tiefe hinab, und dann in die Höhe, von wo ihr der Eingang einer Höhle entgegengähnte. Mit Todesgefahr erreichte sie die finstere Öffnung und stand einen Augenblick tiefatmend still. Noch einmal schweifte ihr Blick forschend an den Felswänden empor; nein, da war kein Vorsprung, um Fuß zu fassen; kein Vogel hätte dort stehen können. Aus der Höhle schossen die Wasser hervor und schienen keinen Pfad zu gewähren. Noch einen Blick sandte sie rückwärts; dann betrat sie die Höhle und tastete sich durch die Finsternis, an den nassen Steinen entlang; oft trat sie tief ins Wasser. Sobald der letzte Lichtschimmer sie verließ, entschloss sie sich zu waten und fühlte in der Eiseskälte des Wassers nicht, wie sie ihre Füße an den Steinen verwundete.

Endlich glänzte ein roter Punkt; sie dachte, es sei der Tag jenseits der Höhle. Plötzlich aber wurde der Raum weit. Ein ungeheures Gewölbe erhob sich in undurchdringlicher Finsternis, mit Säulen, Knäufen, Gewinden aller Art. Zuckende Lichter und Schatten durchbebten den Raum, in dem es rings von Weinen und Wehklagen widerhallte. Es war ein Stimmengewirr von schluchzenden Frauen, wimmernden Kindern, stöhnenden, ächzenden Männern, und jeder Lichtblitz schien das Jammern zu vermehren. Leiden drückte die Hände auf die Brust und keuchte. Sie war so geblendet, dass sie zuerst nicht sehen konnte, von wo die Blitze kamen; das entsetzliche Geschrei ringsum machte sie schwindeln. Sie lehnte sich an eine der glänzenden Säulen, schützte ihre Augen mit der Hand und suchte, dem Wasserlauf folgend, den Ausgang zu erspähen. Da sah sie einen gewaltigen Mann, so groß, so zackig, so rau, wie die Säulen ringsum, mit glühenden Augen, die fest auf sie gerichtet waren. In der Hand hielt er die Blitze, die er von Zeit zu Zeit durch die Höhle schleuderte, wie Feuerpfeile, oder wie bläuliche Schlangen.

»Komm' her, kleines Leiden«, rief er mit Donnerstimme, »hast du den Weg zu mir gefunden? Komm' her, nun bist du mein!«

Leiden schmiegte sich an die Säule und umklammerte eine der Zacken; bleich wie der Tod starrte sie den Schrecklichen an, der ihr winkte.

»Aber ich komme nicht zu dir!«, sagte sie endlich. »Ich kenne dich nicht! Ich suche den Frieden, den ich hier hinein gehen sah; ihm eilte ich nach. Ach«, rief sie und rang die Hände, »du hast ihn hier verborgen, oder gar getötet, wer bist du denn, du Entsetzlicher!« – »Ich bin der Schmerz. Der Frieden ist nicht hier, sondern jenseits dieser Höhle, im glückseligen Tal.«

»O zeige mir den Ausgang, dass ich ihm folge!« Leiden sank in die Knie. Der furchtbare Mann lachte, und sein Lachen war viel lauter als das Dröhnen und Donnern der Gewässer, viel grässlicher als das Wehklagen ringsumher.

»Nein, Kindchen, du und ich, wir gehören nicht ins glückselige Tal, und den Ausgang dorthin verwehren uns die Klagenden, die die Höhle füllen, unsre Opfer – wir beide gehören zusammen; du sollst mein Weib sein, und wir suchen eine Stätte, wo wir wohnen können.« –

»Dein Weib!«

Leidens Brust entrang sich dieses Wort wie ein Schrei, der aber von dem Lachen übertönt wurde. Da schnellte sie empor und wandte sich zurück, um zu fliehen. Aber als sollte er zerbrechen, so wurde ihr Arm erfasst, und drohend schwang der Schmerz die Blitze über ihrem Haupte.

»Wenn du mir je entfliehst«, donnerte er, »so trifft dich einer von diesen, und was du in dem Augenblick fühlen wirst, wird so entsetzlich sein, dass du verzehrt, verbrannt, vernichtet, kaum noch jammern kannst, wie die Elenden, die ich dir zeigen will.«

Er hob die Hand mit den Blitzen und erleuchtete den ganzen Raum. Welche Schreckgestalten ihn füllten, das können Menschenworte nicht beschreiben; von jedem Alter und Geschlecht lagen die Getroffenen umher; sie wanden und wälzten sich auf der Erde und schlugen sich die Fäuste wund, oder sie krallten die Nägel der Hände und Füße in das Gestein und zogen sich daran in die Höhe. Grässliche Wunden hielten sie unter die herabsickernden Tropfen, um sie zu kühlen. Weiber wanden sich in ewigen Geburtswehen und konnten nicht gebären – Kinder stießen ihre Köpfe an den Felswänden blutig, um den Schmerz in den Eingeweiden nicht zu fühlen. Viele lagen auf den Knien und rangen die Hände und schlugen sich auf die Brust, in unlöschbarer Reue. Andere lagen regungslos, wie abgeschieden, nur die Augen bewegten sie langsam in den Höhlen, dem Lichte nach. Leiden verhüllte ihr Angesicht und wankte. Der Schmerz fing sie in seinen Armen auf und drückte sie an die Brust. »So groß wie diese Qualen ist meine Liebe!«, sagte er. Leiden weinte unaufhaltsam. »Wie konntest du nur glauben, der Frieden sei für dich. Du hast nichts mit ihm zu schaffen; mein bist du, zu mir gehörst du; ich habe dich in deinen Taten geliebt, ohne dich zu sehen; deine Spuren erfreuten meine Augen!« Er zog ihr die Hände vom Gesicht und küsste sie. Leiden schloss die Augen, um ihn nicht zu sehen, aber unter den dunklen Wimpern perlten die Tränen hervor, die er wegküsste. »Weine nur, weine, kleine Maid, deine Tränen sind Tau, weit schöner als dein Lächeln, sie erquicken und erfreuen mich!«

Sie wollte sich ihm entwinden, er aber hielt sie mit eisernem Griff, bis ihr der Atem verging.

»Wenn du dich hier fürchtest«, sagte er, »so will ich dich forttragen an einen trauten Ort und dich gewinnen mit Gewalt!«

Rasch nahm er die bebende Maid in die Arme, schleuderte einen Blitz vor sich her, der einen Lichtstreif durch den ganzen dunklen Gang zog, und das Wasser durchwatend, das seinen Füßen auszuweichen schien, eilte er dem Ausgang zu. An dem Wassersturz trug er sie vorüber, und als er sie zur Erde gleiten ließ, ergriff er ihre Hand, als fürchte er, sie werde ihm entfliehen. Sie schaute oft zurück und wollte an das glückselige Tal denken, aber ihren Blicken erschien immer nur die Höhle mit den verzweifelten Schatten darin. Sie hoffte, der Furchtbare werde müde werden, und wenn der Schlaf ihn übermannte, wollte sie entfliehen. Darum klagte sie über Müdigkeit. Der Schmerz aber war nie müde; sofort nahm er sie wieder in die Arme und ging noch schneller dahin.

»Sei froh«, sagte er, »nun trägt dich doch jemand.«

Sie wandte den Kopf weg vor seinen glühenden Augen. Dabei wandelte sie eine große Schwäche an, und ihr war es, als gingen sie rückwärts, als käme das Rauschen des Flusses wieder näher, als wühlten seine Augen in ihrer Brust. Keines Wortes, keiner Bewegung mächtig, lag sie in den Armen des Schmerzes. Ach wo, – wo war ihr Bruder Tod, der sie hätte befreien können? Wo war ihr Vater, der Kampf? Er hätte sie dem Entführer abgerungen!

Oder war auch er machtlos vor dem allgewaltigen Schmerze? Sie hätte mögen den Fluss, die Bäume, die Grashalme bitten, ihr zu helfen; aber die sahen nicht ihre Not. Endlich schwand ihr Bewusstsein, und als sie erwachte, lag sie unter einem Felsen, in tiefem, heißem Sande. Kein Baum, kein Vogelsang, kein Quellenmurmeln, nur Sand, gelber, brennender Sand und goldgelbe Luft, die vor Hitze zitterte.

»Mein Weib!«, sagte der Schmerz, und seine Augen brannten wie der Sand, wie die Luft und schienen Leidens Leben fortzusaugen. Von Neuem begannen ihre Tränen zu fließen.

»Ach, wie mich dürstet!«, klagte sie.

Der Schmerz betrachtete sie wohlgefällig.

»Nicht wahr?«, sagte er. »Wie schön war es in der kühlen Schlucht, so nahe am kalten, schäumenden Fluss! Weißt du noch, wie klar er war und wie er aus den Felsen hervor rauschte? Er kam aus dem glückseligen Tal, das so voll saftiger Früchte ist, wie du noch nie etwas gesehen. Soll ich dir's zeigen?«

Bei seinen Worten waren Leidens Augen immer größer geworden, ihre Lippen immer trockner.

»Ja, ja«, keuchte sie; und siehe da, etwas über dem Sande, in der Luft schimmerte ein breiter Fluss und daran die schattigsten Bäume, von Früchten beladen. Ohne zu wissen, was sie tat, sprang Leiden auf und lief auf den Fluss zu, so rasch sie konnte, durch den tiefen Sand, in der verzehrenden Sonnenglut. Aber der Fluss schien immer ferner zu rücken und endlich war er ganz verschwunden. Zugleich lachte der Schmerz hinter ihr, als lache die ganze Wüste.

»Siehst du, in meiner Gewalt bist du ganz und gar, du kannst nur noch denken, was ich will. Hier ist Wasser.«

Er zeigte auf einige Bäume, die eine Quelle beschatteten. Leiden fiel vor der Quelle nieder und trank, ohne zu schöpfen, in gierigen Zügen, und fiel dann in tiefen Schlaf. Als sie erwachte, waren die Bäume verdorrt, die Quelle versiegt und Sand, soweit das Auge reichte.

»Siehst du«, sagte der Schmerz, »wir sind stärker als Sonne und Wüstenwind, vor uns muss alles vergehen! Wo wir vorbeigekommen, sind Seuchen ausgebrochen, die Städte und Dörfer verbrannt, und wo wir Wohnung machen, wird Wüste!«

Leiden rang die Hände. Sie sprang auf und eilte weiter. Einen ganzen Tag lang floh sie vor ihm und sah ihn nicht folgen; Abends aber kam er ihr entgegengegangen und lachte, und lachte so lange, bis die ganze Wüste laut wurde, und Hyänen und Schakale zu heulen begannen, und Löwen brüllend nahten. Der Schmerz aber hielt sie mit seinem Feuerblick gebannt, so dass sie das Paar nur von fern umkreisten, die ganze Nacht. Als der Tag graute, verzogen sich die wilden Tiere!

»Ach«, rief Leiden, »ich sterbe vor Angst! Nimm mich fort von hier, wohin du willst, nur fort aus dieser Glut, fort von den furchtbaren Tieren!«

»Willst du, Liebchen, ins Kühle? Das sollst du haben!«

Er nahm sie auf die Arme und trug sie mit Windesschnelle gen Norden, immer weiter, den Menschen, den Feldern, den Städten vorbei, über das Meer, das er durchwatete, gen Norden. Dort grünte ein liebliches Eiland, und Birken schüttelten ihr zartes Laub im frischen Windhauch.

»Hier wollen wir unser glückseliges Tal machen«, sprach der Schmerz und winkte. Und wie er winkte, wehte der Wind kälter und schärfer, das Gras knisterte erfrierend unter seinen Füßen, und von dem Meere her rückte es heran, wie kristallene Berge, immer näher und näher, und heulend blies der Wind, der sie dem Ufer zutrieb. Bald war die Luft von Schnee erfüllt, er wirbelte von oben, von unten, von allen Seiten, erstickend, wie feiner Sand. Eisblock türmte sich an Eisblock, mit Dröhnen und Krachen, und endlich stand alles still, in lautlosem Schweigen, in Schnee gehüllt; die durchsichtigen Felsen starrten gegen den

Himmel, wie erfrorene Freude. Der Schmerz schleuderte einen Blitz in das Eis und bohrte so eine blaugrün schimmernde Grotte, in die er das Leiden bettete:

»Bleibe du hier und ruhe«, sagte er, »ich will eine grünende Stelle suchen. Aber rühre dich nicht von hier; denn aus den Eisfeldern findest du keinen Weg mehr zurück nach dem glückseligen Tal.«

Kaum war er fort, als Leiden ihr erstarrtes Blut wieder leben fühlte; das entsetzliche Weh in ihrer Brust schien zu weichen. Sie stützte sich zuerst auf die Hand und lugte hinaus, dann kniete sie und hauchte in die erstarrten Finger. Jetzt trat sie hinaus. Hier türmten sich Eisblöcke und dort breitete sich der Schnee in endlose Weite. Sie wusste, der Schnee deckte die Insel, die Eisberge aber das Meer, und über die Eisberge musste sie wandern; denn anders kam sie nicht über das Meer. Sie begann durch die Fugen und Ritzen zu schlüpfen, von einem Eisblock zum andern zu springen, den Sonnenstrahlen nach, die allein ihr die Richtung zeigten. Bei Nacht ruhte sie nicht, aus Furcht, verfolgt zu sein. Zweimal umkreiste sie die Insel, ohne es zu wissen, in ihrer wahnsinnigen Angst, aber endlich führte die Sonne sie doch hinaus aus der in Eis erstarrten Welt und über die ersten grünen Grashalme sank sie in Todesmattigkeit hin. Wie sie den Weg nach der Felsschlucht zurück gefunden, wusste sie nicht mehr. Zitternd betrat sie dieselbe. Wenn er schon hier wäre, dem sie entflohen, so wäre sie verloren. Nach ihrer Wanderung durch die Eisfelder war dieser Weg für sie ein Leichtes, und ihr ängstliches Umblicken galt nicht den Wassermassen, die sich noch wilder herabstürzten, als das erste Mal, und die aussahen, als würden sie jeden Augenblick die zarte Gestalt erfassen und fortwirbeln wie ein Blatt. Bebend an allen Gliedern und mit zusammenschlagenden Zähnen betrat Leiden die grausige Höhle.

Sie war dunkel, und das Stimmengewirr klang erschütternd durch das Gewölbe. Plötzlich fühlte sie sich von allen Seiten umringt, an Händen und Kleidern festgehalten.

»Ich lasse dich nicht fort, ehe du mich befreiest!«, klang eine Stimme an ihrem Ohre.

»Gib mir das Glück zurück!«, jammerte eine andere.

»Mache mich wieder gesund!« eine Dritte.

»Wir sind nur das Echo der Erdenklagen«, rief es, »aber du sollst uns hören und müsstest du ewig hier verweilen!«

»Aber ich kann euch ja nicht helfen!«, klagte das Leiden:

»Ha«, heulte es, »das Weh kannst du bringen, aber befreien willst du nicht! Rache! Rache!« Leiden fühlte sich an eine der kantigen Säulen gedrängt und im Lärm, der sie umringte, hörte sie:

»Bindet sie fest! Steinigt sie! Reißt ihr das Herz aus! Blendet ihre Augen, die so viel Leid gebracht!«

In ihrer Todesangst rief sie:

»Nehmt Euch in Acht: Der Schmerz kommt hinter mir her, und furchtbar wird seine Rache sein, wenn Ihr mir ein Haar krümmt!« Dann brach sie sich Bahn und lief voran, dorthin, wo sie den Ausgang ahnte. Lange tastete sie an den triefenden Wänden entlang, doch wie sie ihn eben entdeckt, fühlte sie sich von Neuem festgehalten, und eine Stimme sagte:

»Und was wird der Schmerz dir tun, wenn du dorthin entfliehst? Küsse mich, sonst verrate ich dich!«

»Küsse ihn nicht, sein Gesicht ist ja ganz zerstört!«, rief eine andere Stimme.

»Ich verrate dich!«, flüsterte es an ihrem Ohr. »Ich halte dich fest, bis der Schmerz kommt, küsse mich!«

Leiden beugte sich zitternd vor und berührte mit den zarten Lippen eine ekle Masse, entwand sich schaudernd und entfloh den dunklen Gang entlang. Tief musste sie sich bücken, so niedrig wurde er. Sie tauchte ihre Hand in das Wasser und wusch damit ihr Gesicht; ihr war es, als käme sie nie vorwärts, als könne sie das Ende nie erreichen. Endlich schimmerte ein heller Punkt, der langsam größer wurde. Dort, ja dort schien die liebe Sonne; dort musste das glückselige Tal sein. Wie aber, wenn der Frieden, den sie auf der ganzen Erde vergebens gesucht, nun auch hier schon nicht mehr wäre! Und wäre er es nicht, so konnte sie doch die Finger in seine Fußstapfen legen, so konnte sie doch ruhen, wo er vorübergegangen. Nun tat sich die Höhle auf, und geblendet stand Leiden still. Was die Erde Schönes beut, was sie nur ahnen lässt an Gestaltungskraft, das war in jenem Tal versammelt, ein leuchtendes Grün, ein Blumengewirr in schwellenden Teppichen, in schwebenden Ranken von einem Riesenbaum zum andern, deren keinen je die Axt berührt, und ein Vogelsingen, wie Himmelsmusik. Ein tiefgrüner See spiegelte die Pracht: Hirsche, Rehe, Gazellen umgaben ihn und tranken.

Zu Leidens Füßen schimmerten Erdbeeren in purpurnen Massen, über ihrem Haupte wiegte sich ein Paradiesvogel; die Spitzen seines goldenen Schweifes berührten ihr Haar. Auf einmal hörte Leiden eine Stimme, bei deren Ton es ihr war, als flöge ihr das Herz aus dem Munde. Die Stimme klang zuerst allein, so weich, so voll, wie reinste Melodie; jetzt schien sie sich zu entfernen, – Leiden stand der Atem still, – jetzt kam sie näher, nun wurden die Worte vernehmbar:

»Du bist die einzige Maid auf Erden, die ich lieben kann, und du willst nicht bei mir verweilen? Ist es dir hier noch nicht schön genug?« –

Wem galten diese Worte, der schmeichelnde Klang der Stimme? Leiden bog einen Zweig fort und erblickte den Frieden, mit den himmlisch ruhigen Augen, wie ein tiefer See, mit dem strahlenden Antlitz in blühender Jugendschöne. Leiden war so im Anschauen versunken, dass sie sich selbst, ihr Dasein, alle Qual, die sie erduldet, vergaß, ihre Seele war in ihren Augen und trank durstig die erste Erquickung. Nun aber erschien noch ein anderes Gesicht;

Leiden erkannte sofort die Arbeit, an den leuchtend blauen Augen, an dem Gewoge von goldenen Haaren. Eben reichte sie errötend dem Frieden ihre frischen Lippen. Wie waren sie beide so schön, in dem grünlichen Halbschatten der breiten Blätter! Leiden hielt den Atem an, der Zweig zitterte in ihrer Hand.

»Geh' nicht zur Erde zurück!«, sagte der Frieden. »Du weißt ja, wie sie ist!«

»Ich muss! Ich muss!«, sprach die Arbeit. »Ich bin ja die Trösterin in aller Not, ich habe das Leiden selber schon getröstet!«

»O sprich hier nicht vom Leiden!«

»Hast du es denn jemals gesehen?«

»Ich habe es gesehen«, – des Friedens Augen überschatteten sich –, »und es hat meinen Himmel zerstört mit seinen hässlichen Augen; ich habe es geflohen über die ganze Erde und mich hier vor ihm verborgen; denn durch die grässliche Höhle kommt es nicht; seine Opfer lassen es nicht los, wenn es je den Fuß hineinsetzt!«

In dem Augenblick fühlte sich die arme Lauscherin mit Eisengriff umschlungen und den Aufschrei, der ihr entfliehen wollte, von starker Hand erstickt, und zurück taumelte sie, durch den dunklen Gang, bis in die Höhle, in der die Blitze flammten. Jetzt ward sie gewaltsam umgewandt, und vor ihr stand wutschäumend der Schmerz:

»Was soll ich dir tun, du Ungetreue?«, knirschte er. »Rache! Rache!«, brauste und wütete es von allen Seiten, und ein Regen von Steinen traf die Wehrlose. Leiden sank in die Knie. Der Schmerz aber riss sie in die Höhe. »Nein«, rief er, »nicht Euch wird sie überantwortet, denn sie muss in die Welt zurückkehren, aber so will ich sie der Welt zurückgeben, dass sie gleichgültig noch weit größeres Unheil anrichtet, als bisher.«

Er ergriff Leiden bei den Haaren und zog sie erbarmungslos daran fort, von dem Geheul der Höhle noch lange verfolgt.

Draußen dämmerte es; unter den Felsen war schon schwarze Nacht. Leiden wurde fortgerissen, sie wusste nicht wie, sie wusste nicht wohin. Nun flog sie bergan, immer höher und höher, geschleift, wenn die wankenden Knie sie nicht mehr trugen, durch Steingeröll und Dorngestrüpp hinan, durch den tosenden Sturm, der sich erhoben, bis auf eine weitaufragende Felsspitze, auf der allein noch ihr Fuß stehen konnte. Da stand sie einen Augenblick über der finster drohenden Bergwildnis, vom Sturm gepeitscht, hoch, frei, über Bergen und Klüften, über Tannen und Gewässern, allein in der Welt. Sie fühlte nichts mehr, sie sah den Schmerz nicht, der über ihr auf einer Felskante lag und lauerte. Jetzt hob er die Hand und schleuderte Blitz um Blitz auf sie nieder. Vom Scheitel bis zur Zehe fühlte sie sich vom glühenden Strahl durchzuckt und zerrissen.

Lautlos breitete sie die Arme aus, drehte sich langsam einmal um sich selber, wobei der letzte Blitz sie durch die Augen bis ins Herz traf, und stürzte hinunter in den gähnenden Abgrund. Der Schmerz horchte, bis er den Fall gehört, und lachte dann fürchterlich. Alle Berge antworteten mit Donnerstimme, die Tannen bogen sich und krachten, und die Wasser standen sekundenlang still vor Entsetzen.

Wie lange Leiden wie tot im Abgrund gelegen, – Niemand konnte es sagen, denn niemand fragte nach ihr.

Die Tannen hielten Wache über der Schlafenden und flüsterten Träume, die sie nicht vernahm.

Eines Tages hallten kräftige Schritte durch die Stille, und singend kam der Mut daher, mit der Keule auf der Schulter. Der erblickte das Leiden, wie es dalag, mit dem Kopf auf einem Stein, mit den Füßen im Wasser, umschlängelt von ihren langen, schwarzen Haaren, die ihr Blut getränkt. Er hob die Leiche auf und rieb die erkalteten Hände.

»Habe ich dich endlich?«, sagte er. »Dich habe ich finden sollen, du darfst nicht tot sein, du musst wieder lebendig werden.«

Er erwärmte sie in seinen Armen mit seinem Hauch, bis sie die Augen aufschlug. »Was weckst du mich? Ich bin ja tot«, sagte sie tonlos.

»Du fehlst der Welt, du musst wandern, die Sünde regiert allein, seit du verschwunden bist.«

»Möge sie die Herrschaft behalten«, sagte Leiden und schloss die Augen. Der Mut schüttelte sie:

»Das geht nicht, Schwesterchen, du musst wandern.«

»Ich bin tot, siehst du es nicht? Siehst du nicht, dass ich verbrannt bin, mein Hirn, meine Augen, mein Herz! Lass mich liegen.« – »Das ist für die Welt ganz gleichgültig, ob du lebend oder tot sie durchwanderst, aber gehen musst du, eher lasse ich dich nicht.« Er stellte sie auf die Füße. Sie drehte sich um und sah ihn an. Da wurde er bleich. Ihr Gesicht war steinern, die Augen steinern, die Haare umhingen sie starr und regungslos.

»Soll ich gehen?«, sagte sie, ohne die Lippen zu bewegen.

»Geh!«, sagte der Mut. »Für dich ist alle Qual vorüber, gefühllos wirst du in die Welt hineinstarren, als furchtbare Feindin der Sünde.«

Leiden strich sich das Haar aus der marmornen Stirn und suchte sich zu erinnern; und wie Erinnerung sich regte, begannen die Augen zu leben, um aber gleich wieder zu erlöschen. Ja, sie war furchtbar geworden, so furchtbar, wie der Schmerz es gewollt, in seinem glühenden Rachedurst, so furchtbar, wie sie werden musste, um der Sünde Einhalt zu gebieten – das arme kleine Leiden!

Himmlische Gaben

Es plätscherte in der Waldschlucht. Von einem breiten Felsen zum andern stäubte ein Bach nieder; durch das lichte Laub stahl sich hie und da ein Sonnenstrahl und ward zum Regenbogen in des Wassers Umarmung. Hie und da bildeten sich kleine dunkle Seen, auf denen ein welkes Blatt umher schwamm, bis es der Strömung zu nahe kam und wirbelnd in den nächsten Wasserfall verschwand. Über die Schlucht hatten sich mächtige Baumstämme gelegt, doch wurden sie kaum als Brücken benützt, denn Moos und Schlinggewächse wucherten darauf und hingen herab, als wollten sie aus dem Wasser trinken, das unter ihnen murmelte. Da, mit einem Mal langte auch ein wunderschöner, weißer Arm zwischen den Schlinggewächsen herab, in dessen zarter Hand ein Stab aus Bergkristall mit diamantener Spitze wunderbar funkelte und leuchtete, als wäre die Sonne selbst herabgestiegen, sich im Waldbach zu beschauen. Dann erschien ein blondes Gelock über dem Pflanzengewirre auf dem Baumstamm, dann ein rosiges Gesichtchen mit großen, träumerischen Augen, bald schwarzgrün, bald dunkelblau, je nach den Gedanken, die sich unter dem Mantel von Locken bewegten; nun kniete das reizende Geschöpf und man sah den goldenen Gürtel, der das feinste Hemd an die zarte Gestalt schmiegte, und die andere Hand, die eine Spindel, aus einem einzigen Smaragd geschnitten, in der Luft drehte, als sollte sie das Grün der Buchenblätter überstrahlen. »O Märchen! Märchen!«, begann der Bach zu singen. »Wirst du denn heute gar nicht baden? Lege doch Spindel und Kunkel weg und tauche zu mir herab, ich habe dich heute noch nicht geherzt!« Das blonde Köpfchen guckte hinab und schaute in den Wald; nein, da war niemand, nicht einmal ein Reh. Das Märchen legte Spindel und Rocken ins Moos auf den Baumstamm, den Gürtel dazu, schürzte das Haar in einen Knoten, ließ dann das linnene Gewand fallen, erfasste zwei der Ranken, an denen es sich bis an den Wasserspiegel herabließ, und begann übermütig zu schaukeln, wobei ihre Fußspitzen das Wasser berührten. Aber der Bach hörte nicht auf zu singen und zu bitten, da ließ Märchen die Ranken los und fiel, wie eine Frühlingsblüte, in die Wellen. –

Weit davon war eine einsame Schlucht. Felsen türmten sich über Felsen, und der Bach brach sich stürzend Bahn hindurch. Dort lehnte ein ernster Mann und sah in den Wasserfall. Auf seiner Stirn lagen Gedanken; die Hand, die sich auf den Felsen stützte, war fein, fast leidend, den Fingern war der Stift entfallen. Da klang ein wunderbares Singen aus dem Wasserfall, und des Mannes Stirn ward hell, wie er lauschte. Das war der Augenblick, in welchem Märchen das Wasser berührte; da wogte es darin weiter, leichte Gestalten, liebliche Lieder, alles zog dem einsamen Manne entgegen. Er lauschte selig trunken, und sein Gemüt wurde weit von dem, was er vernahm. Der Bach wusste selbst kaum, was er erzählte; er bebte noch von Märchens Nähe und musste singen vor lauter Lust. Mit klarer Stirn ging der einsame Mann davon, mit leichten Schritten, als trüge ihn der Boden. Er war noch nicht lange fort, da erschien das Märchen auf dem höchsten Felsen, schwang seine Kunkel in der Luft und füllte sie mit Sommerfäden, die im Tau glitzerten. Dann hüpfte es herab, in die Tiefe, brach eine Ranke von einem blühenden Wildrosenstrauch und umwand damit den Rocken statt eines Bandes, steckte ihn in den Gürtel und, von Stein zu Stein springend, überschritt es den Bach und ging tief in den Wald hinein. Die Vögel umflogen es und erzählten ihm von Ost und West, von Nord und Süd; die Eichhörnchen schlüpften von den Bäumen herab, setzten sich zu seinen Füßen, sahen es mit klugen Äuglein an und berichteten, was sich im Walde zugetragen; die Rehe und Hirsche umringten es, selbst die Blindschleichen reckten ihre Köpfchen in die Höhe und erzählten mit spitzer Zunge. Das

Märchen stand und horchte und berührte von Zeit zu Zeit die Kunkel, als wollte es ihr sagen: Merk' dir's! –

Immer dichter wurde der Wald, immer üppiger wurden die Blumen, die Märchen entgegen dufteten. Endlich musste es sogar die Zweige auseinanderbiegen, um vorzudringen. Da stand ein traumhaftes Schloss mit hohen Bogenfenstern, in welche die Baumäste hineinlangten, und aus denen heraus Schlinggewächse quollen. Das Dach und die Mauern verschwanden unter den Rosen, die alles überrankten, und aus dem Schlosse klang tausend-stimmiges Vogelsingen. Märchen schritt auf das offene Tor zu und trat in die große Halle, deren Boden und Wände aus Edel-steinen bestanden und in deren Mitte ein hoher Springbrunnen stäubte. Ringsumher standen Hunderte von Bergmännlein, sie hatten Schemel von lauterem Golde gebracht und warteten, ob ihre reizende Königin zufrieden sein würde. Die lächelte wohlge-fällig, dankte ihren Freunden, und inmitten von all der leuchten-den Pracht stand das schöne Märchen, wie ein belebender Son-nenstrahl. »Seht, wie ich heute Eure Kunkel gefüllt habe«, sagte es freundlich, »ich glaube, Euerm Kristall wohnt ein Magnet inne, dem alles zufliegt. Wollt ihr sie nicht noch mehr füllen?« Die Bergmännlein machten sehr böse Gesichter, was höchst possierlich aussah, und einer sprach: »Wir haben beschlossen, dir nie mehr etwas zu erzählen, denn du plauderst es aus, wie das Wasser, das hier plätschert! Wir haben dich belauscht: Wenn du Abends fortgehst, dann gehst du zu unsern Feinden, den Menschen, den abscheulichen Dieben, die unsre Schätze rauben, und lieferst ihnen unsre Geheimnisse aus!« – »Nein«, sagte Märchen, »ich gehe nicht zu allen Menschen, nur zu einigen, Euern Freunden, die Euch lieb haben, wie ich, und ich erzähle ihnen auch nur so viel sie verdienen: Wollt ihr mir nicht vertrauen?« Da schoben sie einen der goldenen Schemel in die Nähe vom Springbrunnen und erzählten dem Märchen, dessen Augen aussahen wie das Meer. Als es genug vernommen und die Kunkel zum Aufbewahren gegeben, grüßte es seine kleinen Gäste, die eilig davon huschten, und ging in das nächste Gemach. Dort war eine solche Blütenpracht, dass man nicht wusste, wo man das Auge zuerst hinwenden sollte. Die Wände waren mit allen Wundern der Tropen bedeckt, von der Decke hingen Orchideen. Der Boden war mit saftgrünen Moosen überzogen, aus denen Krokus, Hyazinthen, Veilchen, Primeln, Maiglöckchen hervorschauten. Kolibris und Nachtigallen begrüßten jubelnd die Herrliche, und aus den Blumenkelchen stiegen Elfen empor und streckten ihr liebend die Arme entgegen.

Märchen setzte sich ins Moos und ließ sich erzählen und herzte die schönen Blumenkinder, und begann mit den Vögeln um die Wette zu singen. Dann ging es ins nächste Gemach, dessen Wände lauter Bergkristall waren und das Märchen hundertmal widerspiegelten. In der Mitte, unter mächtigen Fächerpalmen, war ein großes Bad, von lauter Rubinen eingefasst, in das ein Wasserfall herunterstürzte. Dort lagen die Nixen auf Ruhebetten umher und warteten auf die Schöne, die sie heute noch nicht gesehen. Aber Märchen wollte nichts mehr hören; sie hatte, wie eine richtige Königin, so vielen Gehör gegeben, dass sie von Müdigkeit übermannt war und nach Ruhe begehrte. Darum schritt sie in das nächste Gemach; das war eine einzige kleine Laube von Schilf und Winden; der Boden war mit Mohnblüten übersät, und in der Mitte stand das wunderbarste Ruhebett, das man je geschaut, eine einzige, große Rose, in die Märchen sich hineinlegte, und die ihre Blätter über ihr schloss.

Nun begann ein Säuseln im Schilf, wie ein Echo von fernem Singen, die Winden läuteten, der Mohn duftete, und Märchen schlummerte tief und süß bis in den Abend.

Als die Sonne im Untergehen war und wie ein großes, glühendes Auge zwischen den Stämmen in die Waldlichtung hereinschaute, so dass alle Blätter golden aussahen, wachte Märchen auf, steckte die Kunkel in den Gürtel, die Spindel dazu und schritt hinaus. Geheimnisvoll und träumerisch brach die Dämmerung herein und breitete ihre Flügel über den Wald. Da wurden die Vögel still; nur die Unken in den wasserreichen Schluchten begannen ihr eintöniges Lied. Es lief ein Säuseln durch die Blätter und durch das dürre Laub am Boden, denn alle wollten das Märchen ansehen und strebten ihm nach. Nun ging der Mond auf und warf helle Lichter hierhin und dorthin und spukte zwischen den Bäumen; er musste Märchen küssen und es zum Spielen auf der Waldwiese verlocken. »Die Elfen warten auf dich!«, rief er Märchen nach, das aber nichts hören wollte, sondern auf leichten Füßen hinschwebte, als würde es vom Abendhauch fortgeweht. Da stand eine Mühle am Bach, im Buchenschatten; drinnen glänzte das Herdfeuer, um das die Leute ruhend versammelt waren. Märchen trat unter sie und rief die Kinder; die flogen ihr zu und zogen sie zum Feuer, brachten ihr einen Schemel zum Sitzen und schauten mit großen, gierigen Augen nach der vollen Kunkel.

Märchen streichelte die lieben Flachsköpfe, zog die Spindel hervor, knüpfte den Faden an und begann sie zu drehen. Und während die Spindel, auf und nieder schwebend, tönend schwirrte, erzählte sie, was sie im Faden sah, bis den Kindern vor lauter Zuhören die Augen zufielen, und sie den andern Tag nicht mehr wussten ob Märchen im Schlaf oder in Wirklichkeit dagewesen. Sie selbst aber schlüpfte hinaus und glitt zwischen den Stämmen dahin, bis sie an eine Waldwiese kam, die im Nachtnebel schimmerte. An den tausend Blumen hingen hunderttausend Schmetterlinge, immer zwei oder vier an einer Blüte, und schliefen so fest und schwer, dass die Köpfchen der schläfrigen Blumen tief herabhingen unter der Last so vieler Gäste. Nur die großen Nachtfalter schwebten dunkel hin und her und bewachten das Ganze: »Ob die Schmetterlinge wohl träumen?«, dachte Märchen, kniete vor die Blumen hin und legte ihr Ohr daran. Ja, sie träumten von der Reise, die sie am Tage zurückgelegt, sie träumten, sie hätten viel schönere Farben bekommen, gerade so grün, blau und rot, wie die Blumen und Blätter, und der unscheinbarste Graue träumte von Farben, greller als der schönste Papagei. Die Blumen träumten, es berühre sie ein warmer Wind und brächte ihnen weit süßeren Duft als sie je besessen, ganz berauschend köstlich; es war Märchens Atem, den sie im Schlaf gefühlt.

Bald kam Märchen an ein hübsches Haus, bei einer plätschernden Quelle, unter hohen Buchen; die Quelle bildete einen kleinen, stillen Weiher, in dem sich der Mond und das Haus, das mit Efeu überrankt war, spiegelten. Die Buchen tauchten ihre Zweigspitzen hinein und eine Nachtigall flötete einsam in die Nacht hinaus. Oben im Hause aber brannte, wie ein Glühwürmchen, ein einsames Licht. Märchen stieg hinauf, als wäre sie hier sehr bekannt, drückte leise eine Tür auf und trat in ein kleines Zimmer. In einem tiefen Sessel saß ein schöner, bleicher, verstörter Mensch am Schreibtisch, hatte den Kopf auf die Hand gestützt und schaute mit erloschenen Augen über den Tisch hinüber, auf den sich mit beiden Händen Leiden gestützt hatte. »Siehst du«, sagte er, »heute Morgen am Waldbach, da habe ich mich einen Augenblick gefreut, da wogten die Bilder durch meinen Kopf, aber jetzt ist wieder alles tot und leer, und ich bin so müde, so müde! Ich möchte sterben, ich kann es meinem Körper nicht verzeihen, dass er immer noch lebt, und doch wohnt eine himmlische Kraft in mir, die mich leben und glauben macht, ich könne noch schaffen. Aber ich tue nichts mehr: Die Müdigkeit ist stärker geworden als alles in dieser hässlichen Welt. Ich wollte, ich wäre nie geboren; denn ich bin ein Mensch, der die ganze Welt in sich widerspiegeln muss mit ihrem Leid, ihrer Pein und Lüge. Ich habe die Menschen zu lieb, und darum haben sie für mich gar keine Gesichter, ich sehe immer nur ihre Seele, und die ist doch schön bei aller Schlechtigkeit und Elendigkeit. Nur werde ich elend mit ihnen. Ich möchte mich vor meinen eigenen Augen verbergen; denn ich bin nichts wert, gar nichts. Alles, was ich tue, ist eitel und wird ungehört verhallen; alles, was ich denke, wissen andere Leute viel besser; in mir brennt ein Feuer, das mich verzehrt, anstatt andere zu erwärmen. Mir ist es wie einem Ertrinkenden, und keine Hand streckt sich aus, mich zu retten. Ich sollte ein Mann sein und mich selber retten, aber meine Kraft ist erschöpft, denn ich habe zu viel gelebt! Ich habe alles erlebt, was die andern gefühlt, und mein eignes Leid dazu, und nun ist es zu viel, siehst du, viel zu viel, und ich kann der Welt nicht mehr geben, was ich ihr hatte geben wollen, all das Neue, Große, Liebliche, das in meinem Hirn wohnte und das ich ihr erzählen wollte. Aber sie hatte keine Zeit, mich anzuhören. Es ist auch vielleicht alles nichts wert; in meinem kleinen Gehirn schien es groß, aber das Licht kann es nicht ertragen. Ich bin müde. Ich will sterben!«

Leiden hörte ihm zu und sah ihn beständig an, aber der mitleidige Blick machte ihn immer gereizter und trostloser. Plötzlich stand Märchen vor ihm, mit glitzernder Kunkel, mit glänzenden Zähnen und strahlenden Augen, mit Grübchen in den Wangen und der verheißungsvollen Spindel in den Händen. Er sah hin und ward geblendet.

»Ich wollte ihm helfen«, sagte Leiden, »aber er wurde immer schlimmer!« – »Du ihm helfen?« Märchen lachte. »Geh' du nur fort und lass ihn mir, ich will schon mit ihm fertig werden! – Ich weiß alles, du bist wieder die Welt satt und willst sterben und hast kein Talent, und die Menschen sind alle schlecht, herzlich schlecht und untreu und haben dich verlassen und glauben dir nicht. O du armes Menschenkind, werde doch Schmetterling und schlafe auf einer Blume! Der weiß, dass er Flügel hat, und dass seine Blume duftet, und dass seine Wiese voll steht von schönen Blumen. Was kümmert's ihn, ob die andern ihn sehen, sieht er sie doch. – Und nun schau her! Ich bin ja wiedergekommen, obgleich du es gar nicht verdienst, du

Zweifler! Sieh' hier die volle Kunkel, die ist für dich ganz allein, hör' mich nur an!«

Und das Märchen spann und sang und erzählte die ganze Nacht, und ihr Freund schrieb und schrieb, ohne zu wissen, dass er den Stift bewegte; er meinte, er hätte nur gehört und geschaut. Er schrieb Gedanken, Lieder und Geschichten; es strömte ein lebendiges Feuer aus seiner Hand. Und was er schrieb, bewegte die Welt. Die Menschen haben seine Gedanken nachgedacht, seine Lieder gesungen, über seine Geschichten geweint und wussten nicht, dass der Dichter, der ihnen das alles geschenkt, zum Sterben traurig war, von ihnen allen verkannt, und dass Leiden ihn viel öfter besucht, als Märchen.

Sie nannten ihn ein Götterkind und ein Genie und wussten nicht, dass es ein Mensch war, um dessen Seele Leiden und Märchen beständig rangen, der so viel Schmerzen gelitten und so viel Wunder geschaut, dass seine Kraft gebrochen war. Ja, die Götterkinder müssen auf Erden viel leiden, und Märchen besucht nur die Geprüften und verlässt sie für immer, wenn sie sich seiner unwert gemacht. Einmal aber erzählte es Folgendes zum Abschied.

Die Schatzgräber

Der Philosoph und der Dichter gingen miteinander auf die Wanderschaft, um den Schatz der Erkenntnis aufzufinden und zu heben. Man hatte ihnen gesagt, dort, wo der Regenbogen die Erde berühre, liege er vergraben, man fände ihn ganz leicht. Der Philosoph schleppte Instrumente mit und stellte große Messungen an, und sooft er einen Regenbogen erblickte, maß er die Entfernung, bestimmte den Punkt mathematisch genau, eilte hin und begann zu graben. Der Dichter legte sich während der Zeit ins Gras und scherzte und tändelte mit den Sonnenstrahlen. Die umspielten seine heitere Stirn, erzählten ihm goldene Märchen vom Traumland und zeigten ihm das Leben und Weben der ganzen Natur. Er ward mit allen Pflanzen und Tieren bekannt, lernte ihre Sprache verstehen, und ihr heimliches Flüstern und Seufzen wurde ihm ganz vertraut. Ja, alle Wesen bekamen für ihn Gesichter, bis zu den zartesten Pflänzchen und den unscheinbarsten Tieren, und vor seinen Augen spielten sich Dinge ab voll Scherz und voll Leid. Stieg dann der Philosoph ernsten Blickes, mit wunden Händen und müdem Rücken aus seinem Schacht ans Tageslicht, mit einigen neuen Steinen beladen, so erstaunte er, wie des Dichters Angesicht so leuchtend geworden, als hätte er Wunder geschaut. »Wie bist du verklärt, du Nichtstuer?«, sprach er dann ergrimmt. »Wer sagt dir, dass ich ein Nichtstuer bin?« – »Du bleibst stets auf der Oberfläche, während ich in die Tiefe gehe.« – »Vielleicht bietet die Oberfläche ebenfalls Aufschlüsse, und vielleicht lese ich sie.« – »Was kann die Oberfläche bieten? In die Tiefe muss man gehen, ich fand nur immer noch nicht die richtige Stelle, in welcher der verheißene Schatz sich befindet; sehr wichtige Funde habe ich getan, aber immer noch nicht den richtigen, den ich ahne.« – »Suchen wir weiter!«, sprach der Dichter. Plötzlich hielt er seinen Freund am Arme fest und deutete auf etwas in sprachlosem Entzücken. »Wieder ein Regenbogen!«, rief der Philosoph und begann seine Messungen. Der Dichter aber hatte hinter dem sonnenglänzenden Regenschauer eine wunderbare Gestalt erblickt mit schwarzem Haar und großen traurigen Augen. Sie schien auf ihn zu warten, dann wandte sie sich langsam und ging. Wie von Sinnen stürzte der Dichter ihr nach, vergaß den Zweck seiner Wanderschaft, vergaß seinen Freund, der sich in den neuen Schacht vertiefte; nur dem wunderbaren Wesen eilte er nach, dessen traurige Augen ihm ins Herz gesunken waren. Über Berg und Tal, von Haus zu Haus, folgte er der lieblichen Gestalt; er sah die Welt und ihre Qual; er sah Weh überall; denn er hatte das große Weh im Herzen, das verzehrende Liebesleid. Immer glaubte er, er müsse die Zauberin erreichen, die so ruhig vor ihm hinschritt durch das fallende Herbstlaub, über den weichen Schnee; im kalten Winterwind, nach Norden und Süden, Osten und Westen, immer unnahbar. Ein-, zweimal sah sie sich nach ihm um, und ihr Blick machte ihn noch sehnsüchtiger.

Endlich nahte im Windeswehen der Frühling. An der Stelle, von wo der Dichter damals ausgegangen, blieb die liebliche Gestalt stehen; jetzt sollte er sie erreichen. Aber in dem Augenblick brach ein Orkan los, der die Welt erschütterte, Wälder entwurzelte, alle Schleusen des Himmels öffnete; durch den tosenden Waldbach rang sich der Dichter mit Lebensgefahr und erreichte sie, die in all' dem Aufruhr ruhig dastand und ihn ansah. Jetzt ergriff er ihre Hand. »Du hast dich in mir geirrt«, sprach sie traurig; »ich wollte dich fliehen, weil du mir lieb bist; denn ich bringe dir kein Glück; ich bin das Leiden und muss dir ein schweres Herz lassen und ernste Gedanken. Leb wohl! Du hast deinen Schatz gefunden, nun brauchst du mich nicht mehr.« Mit diesen Worten war sie verschwunden. Der Sturm hatte sich in einen feinen Sprühregen verwandelt, durch welchen die Frühlingssonnenstrahlen sich zu dem Dichter hindurchdrängten. In dem Augenblick tauchte der Philosoph reich beladen aus der Erde empor. Er ließ aber alles fallen, was er trug, schlug die Hände zusammen und schrie: »Da stehst du ja mitten im Regenbogen, gerade auf dem Schatz, du Glückspilz!« – »Wer? Ich?«, sprach der Dichter aus seiner Versteinerung erwachend; dann warf er sich auf die Erde, weinte laut und rief: »O wäre ich nie geboren! Ich leide unsägliche Qual!« Der Philosoph zuckte die Achsel und begann von Neuem zu graben. »Der steht auf seinem Schatz«, sprach er, »und weiß es nicht, und wie ich's ihm sage, da weint er! O diese Dichter!«

Ein Leben

Ich wollte die Wahrheit finden. Da nahm mich das Leiden bei der Hand und sagte: »Komm' mit mir, ich will dich zur Wahrheit führen, aber du musst dich nicht fürchten auf dem Wege.«

»Nein, ich fürchte mich vor nichts; ich bin so stark, ich kann einen Berg forttragen!«

Leiden sah mich mitleidig an und gab keine Antwort, sondern führte mich in einen Saal; der war weit, hoch und luftig, von wunderbarer Musik durchtönt, von herrlichen Bildern und Statuen angefüllt, – ich wandelte wie trunken darin umher. Da war nichts zum Fürchten.

»Siehst du«, sprach Leiden, »hier wohnen die Künste; du darfst dir eine derselben wählen. Aber selbst und allein sollst du herausfinden, welche für dich passt; die wird dir helfen, auf dem Wege zur Wahrheit.«

Und ich legte die Hand auf ein Instrument.

»Mich lockt die Musik«, sagte ich, »ich will singen und spielen, wie ein Gott, und sollte es mich das Glück und das Leben kosten!«

Mit welcher Glut, mit welchem Feuer begann ich zu spielen! Ich verfolgte die Musik, wie eine angebetete Geliebte, und bat sie, mich zur Wahrheit zu führen. Sie aber ging immer zu rasch oder schwebte über mir in die Höhe, derweil ich mich lahm spielte. Die Lieder klangen in meiner Kehle schwach und klein, anstatt zu brausen und zu schluchzen. Da lief ich in den Wald in meiner Not, und er tröstete mich.

Eines Tages berührte Leiden meine Schulter: »Du spielst noch immer schlecht, du singst noch schwach; komm' weiter, du bist kein Künstler!«

Ich legte das Instrument aus der Hand und weinte. »Still!«, flüsterte Leiden. »Du willst ja einen Berg forttragen!«, und sie führte mich in einen großen, feierlichen, halbdunklen Raum; der stand voller Bücher von oben bis unten.

»Hier ist Nahrung für deinen Geist!«, sprach Leiden. »Suche, suche: In den Wissenschaften wohnt die Wahrheit!«

Ich setzte mich in einen hohen, vergriffenen Lehnstuhl und begann zu lernen. Aber es ging langsam mit dem Studieren; denn immer wanderten meine Gedanken ihre eigenen Wege. Bald knisterte das Feuer so hell und erzählte mir Märchen; bald heulte der Sturm so wild um das alte Haus, dass ich meinte, ich müsse mit ihm davon, und dann schwammen die Buchstaben vor meinen Augen. Ich wollte diese unglückselige Fantasie dämpfen, die mich zurückhielt auf dem Wege zur Wahrheit; aber sie war stärker als ich. Manchmal drückte sie mir den Stift in die Hand, und dann schrieb ich ganz heimlich kleine, schlechte Verse, die ich selbst vor den Büchern, vor der Luft im Zimmer versteckte. Endlich warf ich mich im Stuhl zurück und rief: »Auch die Weisheit ist nichts für mich. Sie scheint mir tot und staubig; ich will leben!«

»Willst du?«, fragte Leiden. »Du musst dich aber nicht fürchten!«

»Ich fürchte mich nicht; ich will leben!« Da stand ich vor einem Sterbebette, wo ein schöner, reichbegabter Knabe mit Todesqualen rang. Seine Schmerzen überstiegen das Maß des Erträglichen, doch Leiden verließ ihn nicht. Aber auch der Mut blieb an seiner Seite. Zwei Jahre dauerte der grausige Kampf, und ich fragte: »Wo ist denn die Wahrheit? Ist das gelebt?«

Wie er starb, da habe ich zum ersten Mal gezittert vor Furcht. Dann aber nahm mich das Leiden mit von einem Sterbebette zum andern. Wie viele liebliche Mädchenblumen, die neben mir und mit mir aufgeblüht, sah ich das Haupt verscheidend neigen! Und ich weinte, bis meine Augen schwach waren.

»Ist das gelebt?«, frug ich wieder. Da nahm mich das Leiden mit auf große Reisen, nach Norden, Süden, Osten, Westen. Ich sah alle Menschen, alle Künste, alle Schätze, das gewaltige Meer und die kleinlichen Städte und hatte Heimweh nach dem alten Hause, in dem ich so viele hatte sterben sehen, in welchem nun mein Vater die Augen geschlossen! Und als ich wiederkam, fand ich seinen Sessel leer.

Da wollte ich sterben vor Schmerz.

»Was?«, sagte Leiden. »Schon sterben? Und du wolltest einen Berg forttragen? Du hast ja noch nicht gelebt; denn du hast noch nicht geliebt!«

Indem sie das sagte, legte sie die Hand auf mein Herz, und wie ein starker Strom zog die Liebe darin ein mit Singen und Jauchzen. Der Wald hat es allein gesehen und mit mir gerauscht, und noch viel heimlicher schrieb ich hie und da einen kleinen Vers.

Aber in der Liebe war die Wahrheit nicht, und im Entsagen auch nicht; denn ich murrte und wusste nicht, warum ich entsagen sollte. Leidens Hand lag schwer auf meinem Arm, und für lange Zeit wurden meine Schritte träge und matt; ich suchte auch nicht mehr die Wahrheit, bis ich endlich sah: In der Arbeit, in großer, reicher Arbeit, da muss sie liegen! Wie Leiden das hörte, richtete es meine Stirn auf und deutete vor mich hin:

»Hier steht ein ganzer Mensch und wartet auf dich. Willst du ihn lieben dein Leben lang? Und hier ist dein Weg; er ist rau und steinig und führt durch Abgründe zu steilen Höhen empor. Willst du ihn wandeln? Und dort liegt die Arbeit für dich, Berge hoch. Willst du sie tragen?«

»Ich will!«, sagte ich.

Da führte mich das Leiden in die Ehe, machte mich zur Mutter und lud große, reiche Arbeit auf meine Schultern. Ich tastete umher, den rechten Weg zu finden, und wir mussten Verkennung und Misstrauen erdulden, und auf dem steilen Pfade standen Hass und Streit. Aber ich fürchtete mich nicht; denn ich war Mutter. Doch nicht viele Jahre durfte ich diese hohe Würde behalten: Meines Kindes Strahlenaugen schlossen sich, und sein Lockenhaupt legte ich in den Sarg. Ich aber stand aufrecht, trotz dem Feuer in meiner Brust, und frug Leiden:

»Wo ist die Wahrheit? Jetzt, da alle irdische Freude, alles irdische Hoffen zu Grabe gegangen, bleibt mir nichts als die Wahrheit, und ich habe ein Recht, sie zu finden!«

Da drückte mir das Leiden den Stift in die Hand und sprach: »Suche!« Und ich schrieb und schrieb, und wusste nicht, dass ich eine Kunst ausübte, da ich seit Jahren mit so schwerem Herzen darauf verzichtet hatte, ein Künstler zu sein! Ich versuchte das Gute zu tun, wo ich konnte. Ich lernte die Menschen verstehen und mich tief hineindenken in ihr innerstes Sein; aber die Wahrheit fand ich nicht. Meine Schritte wurden wieder schwer und matt, bis ich endlich, von Krankheit übermannt, liegen blieb. Und während dieser langen Krankheit musste ich des Lebens ganze Bitternis kosten, alle Trostlosigkeit und Verzagtheit, die nur in einem armen Menschenkinde wohnen kann, und ich wollte wieder sterben. Aber Leiden lehrte mich wieder gesund sein, und immer rascher flog mein Stift, immer reicher strömten die Gedanken, immer weiter wurde das Arbeitsfeld, immer ernster die Sorge um anderer Leute Wohl.

Da erdröhnte der Boden unter unsern Füßen, und der Kampf zog heran mit seinen Genossen. Sein Odem war Donner, sein Auge Feuer, seine Hand Blitz. Der Mantel, der ihn umflatterte, hüllte den ganzen Himmel in schwarze Nacht. Wir setzten Leben, Gut und Ehre ein, und unser Herzblut träufelte zur Erde in dem furchtbaren Ringen, aus dem wir mit unsern Getreuen, die so fest zu uns, wie wir zu ihnen gestanden, sieghaft hervorgingen.

Mein Teil war, die Wunden zu heilen und Schmerzen zu lindern. Aber auch hier war die Wahrheit nicht. Wohl gingen wir furchtlos und geläutert aus dem Streite hervor, aber da nahten schon Neid und Eifersucht unserm Pfad und machten ihn schlüpfrig und unwegsam.

»O die Wahrheit! Die Wahrheit!«, rief ich. »Meine Jugend ist vorüber, die schwersten Kämpfe sind durchgerungen, ich lebe noch, aber die Wahrheit sehe ich nicht!«

»Dort steht sie«, sagte Leiden, und wie ich die Augen hob, sah ich in der Ferne, an einem stillen Wasser, ein kleines Kind stehen, dessen Augen leuchteten.

»Ist das Kind die Wahrheit?«, fragte ich. Leiden nickte: »Nicht wahr, sie ist nicht zum Fürchten?«

Aber wie Leiden das sagte, wurde das Kind größer und größer, bis es die ganze Erde in der Hand hielt und den ganzen Himmel umfasste.

»Siehst du die Wahrheit?«, sprach Leiden. »Und nun schau in dich, da ist sie auch.«

Und wie ich in mich schaute, rief ich: »Wozu habe ich denn gekämpft und gelitten? Sie war ja immer da, um mich und in mir, und ich will sterben!«

»Noch nicht!«, sprach Leiden.

Da wurde es wieder Nebel vor meinen Augen, und ich sah nichts mehr.

Leiden aber nahm mich bei der Hand und führte mich weiter.

Karl-Maria Guth (Hg.)

Dekadente Erzählungen

HOFENBERG

Dekadente Erzählungen

Im kulturellen Verfall des Fin de siècle wendet sich die Dekadenz ab von der Natur und dem realen Leben, hin zu raffinierten ästhetischen Empfindungen zwischen ausschweifender Lebenslust und fatalem Überdruss. Gegen Moral und Bürgertum frönt sie mit überfeinen Sinnen einem subtilen Schönheitskult, der die Kunst nichts anderem als ihr selbst verpflichtet sieht.

Rainer Maria Rilke Die Aufzeichnungen des Malte Laurids Brigge **Joris-Karl Huysmans** Gegen den Strich **Hermann Bahr** Die gute Schule **Hugo von Hofmannsthal** Das Märchen der 672. Nacht **Rainer Maria Rilke** Die Weise von Liebe und Tod des Cornets Christoph Rilke

ISBN 978-3-8430-1881-4, 412 Seiten, 29,80 €

Karl-Maria Guth (Hg.)

Erzählungen aus dem Sturm und Drang

HOFENBERG

Erzählungen aus dem Sturm und Drang

Zwischen 1765 und 1785 geht ein Ruck durch die deutsche Literatur. Sehr junge Autoren lehnen sich auf gegen den belehrenden Charakter der - die damalige Geisteskultur beherrschenden - Aufklärung. Mit Fantasie und Gemütskraft stürmen und drängen sie gegen die Moralvorstellungen des Feudalsystems, setzen Gefühl vor Verstand und fordern die Selbstständigkeit des Originalgenies.

Jakob Michael Reinhold Lenz Zerbin oder Die neuere Philosophie **Johann Karl Wezel** Silvans Bibliothek oder die gelehrten Abenteuer **Karl Philipp Moritz** Andreas Hartknopf. Eine Allegorie **Friedrich Schiller** Der Geisterseher **Johann Wolfgang Goethe** Die Leiden des jungen Werther **Friedrich Maximilian Klinger** Fausts Leben, Taten und Höllenfahrt

ISBN 978-3-8430-1882-1, 476 Seiten, 29,80 €

Karl-Maria Guth (Hg.)

Erzählungen aus dem Sturm und Drang II

HOFENBERG

Erzählungen aus dem Sturm und Drang II

Johann Karl Wezel Kakerlak oder die Geschichte eines Rosenkreuzers **Gottfried August Bürger** Münchhausen **Friedrich Schiller** Der Verbrecher aus verlorener Ehre **Karl Philipp Moritz** Andreas Hartknopfs Predigerjahre **Jakob Michael Reinhold Lenz** Der Waldbruder **Friedrich Maximilian Klinger** Geschichte eines Teutschen der neusten Zeit

ISBN 978-3-8430-1883-8, 436 Seiten, 29,80 €